NV XING JIU HU BAO DIAN

女性救护宝典

你跑得过蜜蜂吗?

4

江西教育出版社

图书在版编目（CIP）数据

你跑得过蜜蜂吗？／贺鹏飞主编．—南昌：江西教育出版社，2009.12

（传奇翰墨．女性救护宝典）

ISBN 978-7-5392-5526-2

Ⅰ．你… Ⅱ．贺… Ⅲ．自救互救－普及读物 Ⅳ．X4-49

中国版本图书馆 CIP 数据核字（2009）第 228009 号

书名：你跑得过蜜蜂吗？

NI PAO DE GUO MI FENG MA?

出 品 人：傅伟中

责任编辑：洪晓梅

装帧设计：Metis灵动视线 010--85983452

出　　版　江西教育出版社

发　　行　江西教育出版社

社　　址　南昌市抚河北路 291 号

邮　　编　330008

开　　本　700×1000　1/16

印　　张　13

字　　数　160 千字

版　　次　2010 年 2 月第 1 版　2010 年 2 月第 1 次印刷

印　　刷　北京凯达印务有限公司

书　　号　ISBN 978-7-5392-5526-2

定　　价　24.80 元

目录

女性救护宝典

序言

生命中没有预演，一切发生的事情都不可逆转。当你面对生活中的突发事件，如暴力抢劫、野外迷路、跟踪偷拍、意外受伤或者是洪水地震等情形时，你该如何应对？

《传奇·女性救护宝典》丛书取材于美国 Lifetime Television（美国第一家女性 24 小时有线电视频道，在美国有线电视网收视排名中，黄金时间和全天收视率位列前十名，18 岁以上女性的收视率稳居第一）中“What should you do?”（《如何应对？》）栏目的经典案例。该节目通过讲述生活中真实发生的危险故事，总结应对这些危险的措施办法，因此赢得了很高的收视率和社会美誉度，被称为“女性自我保护教科书”、“女性救护宝典”。

你不可能把电视带在身上进行阅读，因此“传奇翰墨编委会”提取“What should you do?”的精华内容，从面对凶犯、自然灾害、野外生存和医疗救护等 4 个角度推出了《不要和陌生人搭讪！》《地震来了！》《你跑得过蜜蜂吗？》《别把铅笔拔出来！》4 本救护宝典。

这本书所讲述的故事也许一辈子也不会发生在你的身上，但是，仅仅微乎其微的危险概率不幸降临到一个人的身上时，她面对的就是灭顶之灾；这本书中所讲述的应对技巧也许你一辈子都不会使用，但是只要使用一次，则会挽救一个人的生命！

谨作为奉献给女性的礼物。

雪山迷途

引言

你在一个风和日丽的清晨去登山，回来时想抄近道回家，结果却迷失方向。天气骤然变得恶劣。在严寒的天气中你要设法生存，你该如何应对？

山上的天气每小时甚至每分钟都会发生变化。如果事先没有做好准备去面对瞬息万变的天气，最好不要去登山。美国南加利福尼亚州的两个人差点搭上性命才明白这个教训。她们在登山时被困在严寒的野外，生死难料……

▶▶▶出　发

“嘿，赖安，今天天气不错，我们去登山吧！”辛迪准备带自己的侄子赖安登山。

▼辛迪决定下山时走一条不常走的近道

感恩节后的第一天，辛迪和侄子赖安起了个大早，他们想趁着不错的天气攀登鲍尔迪山。辛迪很喜欢爬这座山，以前来过好几次。虽然早上出门的时候稍微感觉有点风，但山上有风是很正常的事，这并没有影响她已经做出的决定。

赖安很兴奋，这是他第一次攀登鲍尔迪山。“快点，快点。我们赶快走吧！”一路上他不断地这样催促辛迪。在搭乘缆车升到 2440 米后，他们决定徒步攀登剩下的 183 米，到达峰顶。

把整座大山踩在脚下的感觉真是很奇妙。登上峰顶之后，两个人高兴极了，尤其是赖安，这是一种从未有过的体验，他突然之间觉得自己好像长大了许多。辛迪当然理解赖安此时的心情，因为她第一次登上鲍尔迪山的时候也是这样。休息过后，他们带着好心情往山下走。而就在这时，天气似乎发生了变化，风开始越刮越大，比她们早上出门的时候猛烈了许多，可只顾着高兴的两个人并没有注意到这一点。辛迪决定走另一条路——一条人们不常走的近道下山。

事实证明，这是一个巨大的错误。

▶▶▶迷　路

“我们沿着那条路从峰顶往下走，我发现周围的环境很陌生。但我认为只要沿着一条路一直往下走，最终一定能看到我们原先走过的路。”至今辛迪还为那个幼稚的想法觉得好笑，或许还有一些愧疚——对自己亲爱的侄子赖安。

登完 2623 米的山峰，赖安已是筋疲力尽，虽然在山顶休息了片刻，但那似乎并没有起到什么作用。下山走了不到半个小时，他的两条腿就跟灌了铅似的，好想找个地方歇息一会儿。赖安用询问的目光看着辛迪。

“走吧，这条路应该没问题。”辛迪认为他们应该继续沿着这条路一口气走下去。

结果，两人彻底迷路了。

他们不停地穿过一个又一个的灌木丛，脚下的山道崎岖不平——那根本就称不上是山道，旁边只是一些动物行走的痕迹，树干上蹭有动物的毛发，偶尔还会看

▲两人彻底迷路了

见一些动物的排泄物。辛迪担心起来，这地方她从来没有来过。她左看右看，实在判断不出从哪里才可以走到山下，不由得紧紧地拽住了赖安的手。

继续走了大约20分钟，辛迪又有了一个想法，她决定越过田野，横穿主路——但这还是没有用。“这看起来有点不太对劲。我们得重新回到峰顶。”

“哦，不，我不行了。我太累了，再也爬不动了。”赖安一屁股坐在了地上，他的情况比这山道还要糟糕。

天很快就要黑了，气温开始骤降，风在树梢上呼呼作响。

辛迪认为他们最好待在原地，她相信如果她和赖安没有回到山下的停车场，营救人员会来找他们的。

这是她最后的希望。

►►►夜　宿

“此时我反而不担心了，倒是赖安看着有点紧张。我说：‘赖安，把这当成一次冒险吧。他们会来找我们的，我们就待在这儿，点一堆火。’”辛迪的自信和沉稳无疑给了赖安很大的鼓舞。

辛迪从四周找来很多干树枝，堆在了一块平地上。在野外宿营她有经验，所以很清楚天黑的时候应该做些什么。

接着辛迪打开她的背包，从里面取出一盒火柴。他们只剩下3根火柴了，而且几分钟后，她就要用其中的一根点火。

夜幕渐渐笼罩大山，风还是很大，远处传来几声野兽的叫声。赖安又冷又害怕，身子紧紧蜷缩成一团。辛迪开始采集树枝，搭建庇护所。她相信营救人员很快就会来救他们的。

辛迪此时仍然保持着冷静和乐观的想法：夜宿深山是最坏的打算，当然也是无奈之举，不过只要有火，就应该没什么可怕的。天亮之后再出发，一切都会好起来的。

▼辛迪从四周找来很多干树枝点火取暖

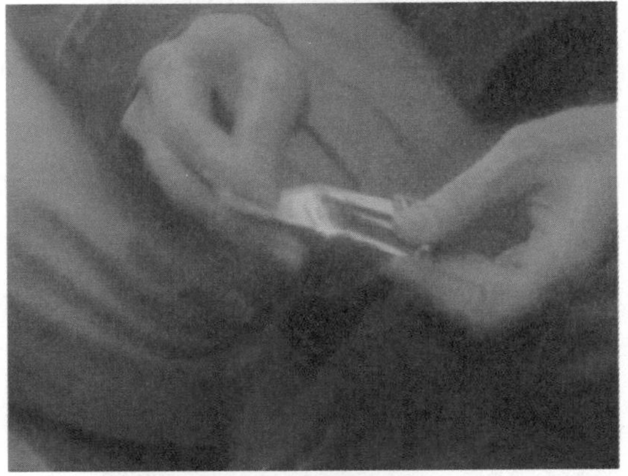

突然，远处的一点灯光吸引了辛迪和赖安的注意。于是他们朝着灯光的方向大喊，但不幸的是，远处的那点灯光既不晃动，也不闪烁。辛迪的希望顿时破灭了——那根本不是什么营救灯。

然而这并不是最坏的情况。更糟糕的是——那天深夜，天空开始下雪。

火苗似乎要灭了。赖安紧张地大叫起来：“火！火！”

“哦，上帝啊！”辛迪呆望着刚刚燃起的火苗，突然有一种不祥的预感。她紧紧抓住那个一闪而逝的坏想法——他们可能会死在这儿！火，此刻成了能抓住的救命稻草，那是一种从未有过的依赖。

受大风的影响，气温已经降到零下 20℃。辛迪拼命寻找剩下的那两根火柴。她找到了，但它们都掉在地上被打湿了——赖安忘记把它们放回背包。

辛迪把背包里的东西全倒了出来。

“找到了！太好了！”辛迪眼前突然一亮。她在口袋里找到了几张纸币，把它们扔到即将熄灭的火里，火又奇迹般地燃烧起来。

▼辛迪和赖安朝着远处的灯光大喊大叫

辛迪总算松了一口气，她询问可怜的侄子：“赖安，你口渴吗？”

“是的。”

辛迪自己也觉得有点儿脱水，于是两个人吃了一点雪，但那样只会让他们更冷。辛迪明白了，在这种环境下，吃雪止渴只会降低自身的体温，最后他们很可能会因体温过低而死亡。这实在不是一个好办法。

雪越下越大，赖安又冷又困，又饿又渴，迷迷糊糊就睡着了。辛迪紧紧地把他抱在怀里，用体温给他取暖，她向上帝祈祷，千万不要让这个孩子出事。

▸▸▸昏　迷

“赖安，我需要你，别离开我。听话，你一定要清醒，宝贝！”在山上困了一天一夜之后，饥寒交迫的赖安意识开始模糊，辛迪很害怕，只能用大声说

话让他保持清醒。

其实，在傍晚的时候就已经有人开始寻找他们了。他们早就错过了下山的时间，山上组织了一支救援队打算进山搜救，但是天黑后大山里的道路走起来险象环生，再加上时速160千米的大风让人举步维艰，救援人员搜索了一阵后就返回了营帐。

辛迪和赖安在用树枝搭建的庇护所里与风雪抗争了一夜。第二天清晨醒来，地面上堆积了20厘米厚的雪，寒风不仅没停，反而更加猛烈了。

这时，辛迪和赖安听到远处传来了直升机的声音。

“赖安！快把镜子拿来！在我背包里！”

赖安虽然一下子没搞懂辛迪要做什么，不过还是照她的话做了，他知道辛迪肯定是有办法让直升机发现他们。

“快点儿，赖安！”辛迪不断地催促他。

辛迪拿着信号镜却一时想不起来该怎么使用，只好尝试着用它去反射急救毯烧剩的残屑余下的那点米粒大小的微光。然后他们拼命奔跑，挥舞双手叫喊，疯狂地想引起直升机的注意。

直升机在空中转了几圈，突然，转了个身，消失在来时的方向。

◀▶ 同风雨抗争了一夜

▲相依为命

“他们看见我们了！一定是看见我们了！他们会回来救我们的！”辛迪高兴极了，她确信这次救援人员已经发现了她和赖安，他们终于要获救了。

火已经熄灭了，辛迪和赖安依偎在一起，耐心地等待着。时间一点一点过去，还是没有人来救他们。辛迪终于明白了：直升机并没有发现他们！

大雪覆盖了整座鲍尔迪山，到处是白茫茫的一片。强劲的寒风刮在脸上，钻心地疼痛。辛迪的耳朵、手指、脚趾、脸颊都开始麻木了，这种感觉很不舒服。

赖安看起来很虚弱，浑身发抖，意识逐渐模糊，然后开始胡言乱语起来。

“我想走……我想走……”他喃喃自语，不断重复着这一句话，眼睛直勾勾地盯着前面的那片森林，好像要随时跑过去。

“赖安，我需要你，别离开我。听话，你一定要清醒，宝贝！”辛迪使劲摇晃着他，和他大声说话，“赖安，我是辛迪！我是辛迪！”

辛迪害怕极了，如果赖安离开了，那对她将是致命地打击。

难道他们两个真的会命丧深山吗？

▶▶▶获　救

“我们听到远处传来了无线电对讲机发出的噼啪声。我知道我们获救了！”经过两天两夜的煎熬，辛迪觉得那种噼啪声是世界上最美妙的声音。

辛迪环顾了一下周围的情况，远处的一座突兀的山头定格于视野，她认为那或许是她和赖安的唯一希望。

辛迪搀扶着虚弱的赖安朝那座小山艰难地走去，然而他们刚离开一个小时，就看到两架直升机从他们刚才停留的地点飞了过去。两人简直不相信这是真的，用尽全身力气往回跑，但还是慢了一步，他们再次与救援人员擦肩而过。

▼错过飞机

直升机再一次飞走了，雪地上只留下了辛迪和赖安孤独的身影，辛迪朝着直升机的方向大喊：“救命啊！救命啊！”可一切已经无济于事。

天又渐渐黑了下来，山上除了大风和暴雪之外什么都没有。没有水，没有食物，没有火柴。辛迪和赖安有的，只是寒冷、饥饿、恐惧，还有残存的那么一丝希望。

他们蜷缩在简易的避难所里，煎熬地等待着救援队的出

现。可救援队到底在哪儿呢？

▲搜救人员出现

辛迪第二次想到了他们可能会死。

“跟我说说，你回家后，最想吃什么？”她问赖安。

“匹萨饼。”赖安有气无力地回答。

辛迪并不在乎赖安的答案是什么，她仅仅是要赖安跟自己说话，只有这个办法能保持他的意识清醒。

而此时辛迪的情况也不容乐观，恶劣的天气使她的体温下降到了32度，已经进入体温过低的状态。她的身体疲惫不堪，脑子也昏昏沉沉的。此时她只想睡觉，但她知道，只要睡着了，可能就再也醒不来了。她努力让自己和赖安保持着清醒，但死神似乎一直在一旁冷笑。

漫漫长夜终于过去，又一个白天来临了，这时辛迪和赖安已经在冰天雪地里被困了36个小时。赖安已经没了一点儿力气，辛迪也变得很虚弱。他们能做的除了向上帝祈祷之外，就只能是眼巴巴地等待救援，或是……等待死亡。

上午11点左右，他们突然听到了一个声音。

“我们听到远处传来了无线电对讲机发出的噼啪声。我知道我们获救了！”经过两天两夜的煎熬，辛迪觉得那种噼啪声是世界上最美妙的声音。

“赖安！辛迪！你们还好吗？”一个男人的声音向他们飘来。

辛迪和赖安顿时精神一振，他们确定这不是幻觉。是的，是救援队来了。他们开始大声呼喊：“你听到了吗？我们在这儿！在这儿！”

事后辛迪也很奇怪，当时也不知从哪儿又来了那么大的力气呼喊，也许这就是人类求生的本能吧。

▼终于获救了

两个救援队员发现了他们，赶紧给他们穿上了防寒服装。

“你们还好吗？受伤了吗？”救援人员仔细检查他们的情况。

“哦……还好，我想……可能没受伤。”辛迪只是觉得脚有点儿麻木。

“空中救援队，我们已经找到辛迪和赖安。他们还能走，预计5分钟后到达。可以走了吗？”

“可以。没问题。”对讲机里传来清晰的声音。

“好的，我们赶紧离开这儿吧！”赖安此时眼里放出了一丝亮光，他实在不想待在这儿了。

救援人员调来了直升机，火速将他们送往附近的一家医院。其实辛迪和赖安并不清楚自己的伤势有多重——虽然没有受到任何袭击和摔伤，但寒冷的风雪同样有着狼一样的牙齿和刀子一样的锋芒。

两人都接受了冻伤治疗。辛迪失去了左脚大拇指的指尖，赖安则失去了一只脚上的大拇指，和另一只脚上的半个大拇指。

虽然肢体受了点损伤，但两人总算都活了下来。这是不幸之中的万幸。

▶▶▶辞　职

“我知道那天比起我以前攀登鲍尔迪山时要稍微冷一些，风也稍微大一些。但后来那场突如其来的暴风雪还是让我大吃一惊。”对于辛迪来说，那真是梦魇一样的遭遇。

▼ 辛迪辞职当了一名救援队员

经过一段时间的休息调养，辛迪如今再谈起来那次惊险的登山，脸上平静了很多，她耸了耸肩，“那场暴风雪实在是太大了，我根本就辨不清东南西北，身边还有可怜的赖安。说实话，当时我很害怕，怕极了！”

说这些话的时候，辛迪一直在微笑，在她的脸上已经看不到一丝后怕的痕迹。现在看来，那次经历已经成了一次有趣的冒险，成了她喜欢拿来与人分享的谈资。

经历山上那场可怕的磨难后，辛迪辞去了老师的工作，进山当了一名救援队员。她说：“我绝不会在一无所获的情况下就放弃营救行动。有了鲍尔迪山的那场经历，我更加意识到生命的宝贵。”能积极救助那些像她一样不幸陷入困境的登山者，对她来说，是一件更有意义的工作。

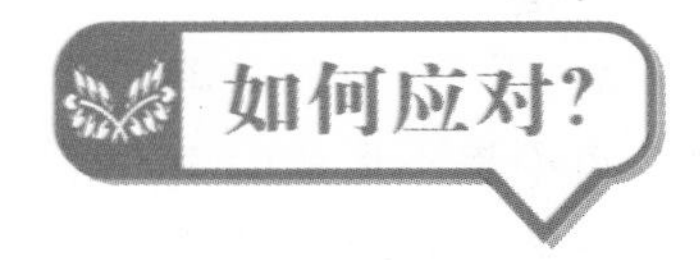

到野外徒步旅行时，一定要谨记：天气是变幻莫测的，因此要做好充分的准备，以防万一。如果你不幸跟辛迪一样也在雪地迷了路，下面的几种方法或许可以帮到你：

A. 登山迷路，你该如何应对?

a．上山和下山最好走同一条道路。辛迪之所以经历了这番磨难，就是因为她选择了一条自己不熟悉的道路下山。有时候，在野外，过度的自信不仅不会增加你的个人魅力，反而会使你陷入困境。

b．上山之前一定要把你的路线告诉你的亲人或是山林工作人员，还有你返回的大概时间，也一并告诉他们。万一出现不测，他们对你出行的情况了解得越多，你获救的概率也就越大。如果你不具备不死之身，就千万不要学做“独行侠”。

c．登山时要在沿途做标记。如果从另一个方向返回，不妨找一些容易辨认的标志，比如独特的树枝，或者奇形怪状的岩石。最好随身携带一些彩带，绑在视力可及的树枝上。即使在雪天，这些鲜亮的标记物也能帮你找到回家的路。

B. 天气寒冷，你该如何应对?

a．如果你在雪地里迷了路，要尽快找到庇护所和热源。在这一点上，辛迪做得非常好。在天黑的时候，她及时找来了树枝搭建了临时庇护所。虽然比不上自己的卧室舒适，但至少它可以帮你挡一点儿风雪。

▼登山时在沿途做容易辨认的标志

b．其实，如果你够细心、够机敏，为自己搭建一所舒适的“简易别墅”也不是不可能的事。美国爱达荷州的一名男子就是这么做的。一个夜晚，他被困在了大山里，风雪交加，辨不清东南西北。他很聪明，根据自己的体长挖了一个大约70厘米宽的“雪战壕”，并用松树枝搭了一个屋顶，然后在上面盖了一层雪。就这样，他在“雪战壕”里安全地度过了一夜。当然，他要是带着滑雪板的话，这个屋顶或许会更结实一些。

c．一位在纽约芬格湖地区旅行的医生，还发明了一种既简便

▲塑料袋可套在身上保暖

又有效的紧急保护法：随身携带两三个塑料袋。在寒冷的天气里，他把3个大塑料袋紧紧套在自己身上，这样不仅可以防止自己身体的热量散发，还能阻挡湿气入侵。此外，厚厚的草坪和树叶也可阻挡湿气，因此也可以拿它们来当毯子、遮盖物甚至睡袋用。

d．保持体温的方法有很多，关键看你是否富有想象力和创造力。比如辛迪点燃纸币，就是个不错的办法。不管纸币的金额有多大，也不管它能带来什么东西，在那种特殊的情况下，纸币的唯一作用就是用来点火取暖——这也算是用钱买点温暖吧。另外，纱布也可以取火，蜡纸、树叶等都是易燃品。总之，在寒冷的野外，你可以点燃身边的任何可燃物。但是，当心别把森林或是草原点燃了，那样，你面临的将是另外一场灾难。

C. 逃生求救，你该如何应对？

a．迷路的惊恐加上天气的极度寒冷，你很容易出现意识模糊，就像赖安那样，甚至胡言乱语起来。记住！一定要保持清醒。若你孤身一人，一定要做些事情让自己的脑子转起来，比如唱歌，或是试着背诵你小时候学过的课文。若你有同伴，一定要像辛迪和赖安那样，保持谈话，话题可以是明天早餐吃什么，也可以是下一任总统到底会是谁……不管说什么，一定要保持清醒！

b. 出门时一定要带上求救物品：求救灯、反光镜、信号枪等等，关键时刻这些东西都能救你的命。但前提是，你得学会使用，不要像辛迪那样手足无措。

c. 即使忘了携带救生物品，也一定要利用你周围的一切物品，组成可以从空中或是远处看见的求救符号或信息，引起救援人员的注意。比如，在积雪覆盖的地方，你可以踩出诸如“SOS”这样的国际通用救援符号，并将一些可与雪形成鲜明对比的材料放入其中，如树枝、石块等。若是在沙地，可以用石块、植物组成图案；若是在灌木丛生的地方，可以按照想要的图案将灌木砍掉或是烧焦；若是在苔原地区，你可以将草皮翻过来。

▼钱再重要，在缺少火源的情况下也必须用来点火

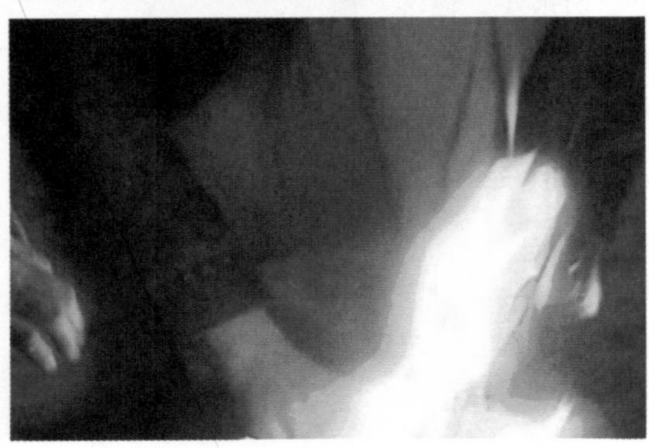

d. 记住国际通用求救方式。

求救方式一：发出声响——三短三长三短；

求救方式二：灯光，如手电——三短三长三短。

e. 看好你的火。如果辛迪带了足够的火柴，如果他们找到了足够的树枝，如果他们保护好了自己的火苗——就不至于那么狼狈，也不至于失去自己的脚趾。在黑暗中，火不仅是让你活下去的温暖保证，还是最有效的信号。国际通用的受困信号有两种，其一：生三堆火，使之围成三角形；其二：排成直线，每堆火之间相

◀能否获救取决于求生意念

距大约二三米。只要条件允许，你要尽快把火堆点起来，小心看护，不要让它们熄灭。若是一个人看护三堆火有困难，最起码要保证其中一堆火不灭，救援人员会得到信息——这里有人。

f．最后一点，无论何时都不要放弃求生的念头。毫无疑问，强烈的求生欲望是辛迪和赖安获救的最大动力。如果你首先向困难低头了，即使上帝来了也帮不了你！

亚冻伤的处理办法

你知道吗？极度的寒冷和凛冽的寒风可以冻伤你的皮肤。如果不加保护，你的脸、鼻子、耳朵、脸颊、脚趾和手指都可能出现“亚冻伤”。你要怎样才能让自己免遭永久性的皮肤或肢体损伤呢？

遭遇狮子

引言

设想下，你正沿着公园一条小路惬意慢跑，突然一头饥饿、凶猛的美洲狮蹿了出来，与你狭路相逢。你该如何应对？

野兽之所以可怕，就在于它们残忍的攻击性，美洲狮应该算是最具攻击性的动物之一。虽然在正常情况下，人与狮子近距离面对面的情况并不常见，但林达遇到的故事确实令人难以置信：她在公园慢跑时，突然迎面遇到两头美洲狮，并被它们夹击，生命危在旦夕……

►►►公园遇险

“我心里打了个激灵。当时我离它很近，很可能只有4.5米。它简直就是个庞然大物，它用一种贪婪的眼神看着我，还轻轻摇着尾巴，就像家猫看到了老鼠一样。我立刻慌了神。” 林达在靠近伯德的山麓小路上跑步，她从未想到，遭遇美洲狮这种事情会发生在自己身上。

林达像往常一样到公园锻炼，她很惬意地在靠近伯德的山麓小路上跑步，同时尽情享受公园的美景。小路两旁的景色很美：阳光透过树木的空隙洒下来，暖暖地照在林达身上；清风徐徐，轻轻吹动着林达的头发；幽静的林间，林达可以清晰地听到小鸟唱歌的声音；身旁的小树在随风轻轻摇摆——一切看起来美得无法形容，林达根本无法把这种美景和即将发生的危险镜头联系起来，遭遇美洲狮更是她想都想不到的事。

然而，一切就在不可置信的情况下发生了。当林达跑下一个筑堤时，她看到了一头美洲狮静静地卧在树荫下。毫无心理准备的林达简直不敢相信自己的眼睛，不由得在心里打了个激灵。当时林达离这头美洲狮很近，不足5米。林达从来没有如此近距离地接触过美洲狮，近到都可以清晰地看到它的细微表情。对林达来说，这头美洲狮简直就是个庞然大物，它静静地卧着，抬头望向跑近它的林达，表面看起来就像一只温顺的大猫，但林达很清楚地知道这头美洲狮温顺的表面下隐藏着什么。看到林达后，这头美洲狮迅速地站起身，用一种贪婪的眼神盯着林达，让她不寒而栗。它还轻轻摇着尾巴，向前迈了一步，就像家猫看到了老鼠一样。这情形让林达立刻慌了神。

▲林达在小路上跑步

一时间，林达还以为自己是在做梦，但她做梦都从来没有梦到过这副场景：自己外出慢跑，竟然会与美洲狮狭路相逢。事实上，那天的经历对林达来说，确实就像是一场噩梦，以至于她每每回忆起来，都会心有余悸。

不管林达愿不愿意相信，事实是那头美洲狮已经开始慢慢向她逼近。沉浸在噩梦中的林达第一反应就是逃跑，她本能地向另一边看去，想寻求出路，结果眼前的景象却让林达大吃一惊：上帝啊，她看到了另一头美洲狮！

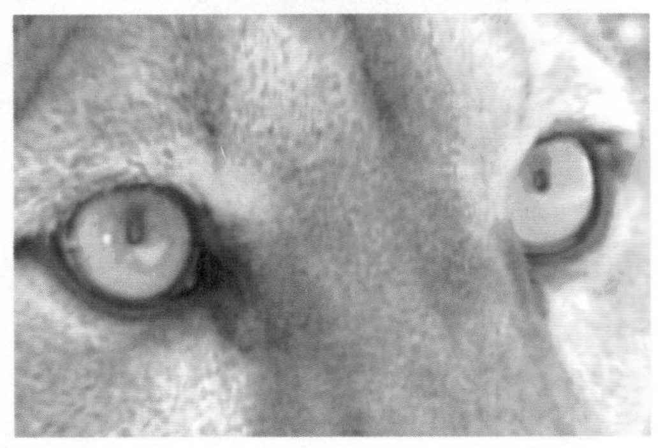

▲遭遇狮子

▶▶▶初步对峙

“在数量上我已经处于劣势。我不能简单地掉头就跑。”林达开始设法与两头庞然大物周旋。

遇到一头美洲狮已经够让人害怕，特别是一看它的眼神，就知道它是一头饥饿、凶猛的狮子。然而，不幸的林达居然一下子碰到了两头这样的美洲狮。现在，林达被两头庞然大物夹在中间，随时会受到它们的攻击。这种梦魇似的情形吓坏了林达，她一下子懵了，不由自主地向后退了好几步——她太害怕了，以至于无法立刻转身逃跑。

短暂的恐惧后，林达强迫自己冷静下来，她知道在数量上自己已经处于劣势，所以绝对不能简单地掉头就跑。林达分析了下形势：两头美洲狮如果同时攻击自己，自己是无论如何也逃不掉的，虽然眼前巨兽的血盆大口还是让她心惊肉跳，但林达已经决定要与它们周旋到底。林达强迫自己镇定，虽然她知道自己很难真正冷静下来，但也尽量让自己的举止从容，让自己看上去很高大。她举起胳膊，使劲向它们挥舞，并且开始大喊大叫。她希望自己的这些举动能对美洲狮产生一点威慑作用，但两头美洲狮的表现让林达很丧气，它们只是安静地看着林达表演，一头美洲狮还一直吐着舌头，似乎对眼前这个活蹦乱跳的猎物志在必得。林达不得不另想对策。这时，一头美洲狮已经在缓慢地向林达逼近。它们静静地看着林达，没有弄出一点声响。有别于常见的咆哮，美洲狮这种反常的平静，反而让林达很不安。

林达再也无法掩饰自己的惊慌，她必须尽快做出反应，这事关自己的生死。小路上没有任何东西可以作为防御武器，林达只能迅速搜寻可以帮助自己的东西，最后她选择了弯腰捡起一块石头，扔向自己前面的那头狮子，希望这样能把它吓跑。石头落在美洲狮的前面，它只是把头往一边偏了一偏，然后低头嘲弄地瞅了瞅那颗小石子。很显然，林达这小小的“武器”对美洲狮来讲丝毫不起作用。

最后，美洲狮似乎失去了耐性，它们冲向了林达。

►►►亡命角逐

“我开始慌不择路地往山坡上跑。一边跑，还一边往下扔树枝之类的东西，试图阻止它们。”林达希望自己可以幸运地逃脱这次死亡角逐。

可能是林达的攻击激怒了美洲狮，也可能是它们已经没有兴趣再跟林达玩对峙游戏，总之，美洲狮不再保守地等待，它们开始发起冲锋。林达的噩梦拉开了序幕，她慌不择路地跑向山坡。山路崎岖，逃命远没有跑步那

◄► 扔掷石头希望吓跑狮子

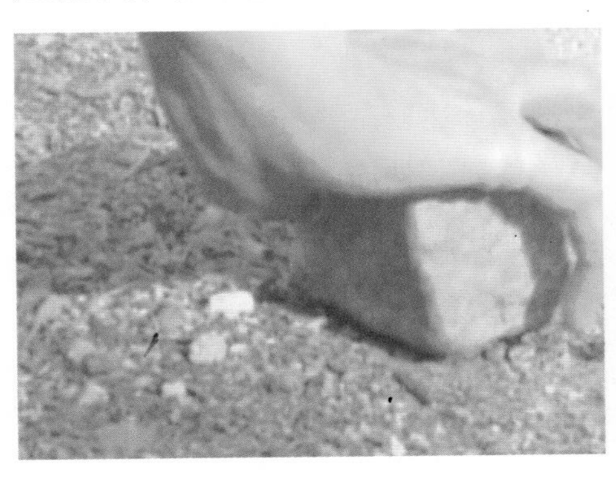

么惬意，林达手脚并用，拼命向山坡上爬。她知道，自己的逃命速度肯定比不过美洲狮，所以她一边跑，还一边往下扔树枝之类的东西，试图阻止它们。但她也很清楚，这只是一种美好的愿望罢了，这些小小的树枝对阻止美洲狮的追捕根本起不到什么决定性的作用。

▼没命奔跑

林达的速度超越了极限，她没命地逃。她清楚地知道，这是一次死亡角逐，而猎物就是自己。每一个细小的疏忽都可能变成生死之间的挣扎，因此，她必须确保自己以最快的速度逃跑，跑向最有可能得救的地方。这种逃亡经历太可怕了，以至于许多年之后，闭上眼睛，仍能清晰地记起当时美洲狮死命追逐和自己跌跌撞撞逃跑的混乱场面。那慌乱的脚步一步步似乎都踏在自己紧张的心上，任何时候回忆起来都是那样让人心惊肉跳。

公园的小路并不宽敞，那片并不太茂密的小树林，除了树木无法给林达提供任何更好的藏身之所。别无选择的林达只能爬上一棵树。那场面真是惊险无比，林达拼死往树上爬，而两头美洲狮则紧随其后。在爬离地面之后，林达暂时松一口气，她认为自己安全了。然而，事实告诉她：逃命绝非如此简单。

►►►生死对决

“我往下一看，一头狮子抓住了我

的腿，像是要把我从树上拽下去。”林达又一次与死神零距离接触。

爬上树的林达喘息未定，危险就紧随而来。她突然感到大腿一阵剧痛。往下一看，惊恐地发现自己居然被一头狮子抓住了一条腿。这头美洲狮直着身子向树上爬，两条前腿伸向林达，它张着血盆大口，两眼恶狠狠地盯着林达，像是要把她从树上拽下去。

惊恐万状的林达本能地用脚狠狠踢它的头，她没想到的自己只凭着脚部力量居然把狮子赶下了树干。这时的林达已经成了惊弓之鸟，她四下一看，却没有看到另一头狮子。对未知的恐惧使林达心里开始发慌，她担心另一头狮子会随时蹿上自己的后背。求生的欲望使林达别无选择，只能选择继续往上爬。当她爬到一半的时候，

▼惊慌的林达努力爬上树

危险又冲击了她的神经——天啊，整棵树都在晃动！林达向下望去，一头狮子已经爬到了最低的一个枝杈上。它正小心翼翼地从一个树杈跃上另一个更高的树杈。林达忘记了，美洲狮也是猫科动物，它们跟猫一样，天生就有爬树的本领。现在，这头美洲狮紧盯着自己的猎物，美味近在咫尺。

▼亦步亦趋

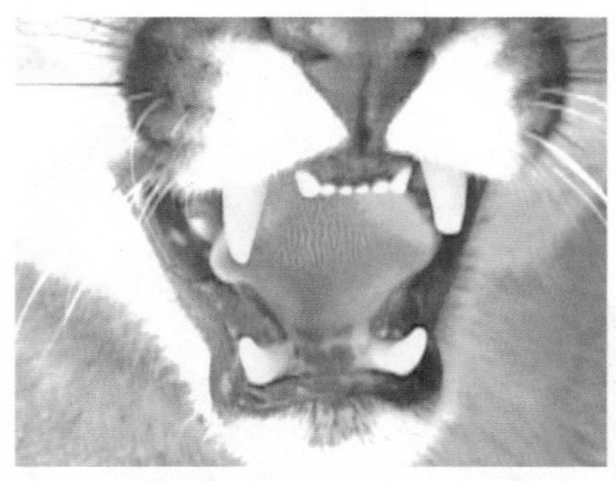

恐惧已经使林达忘记了腿部的疼痛，她手忙脚乱地往上爬，只想爬得再快点，再高点，离死亡远一点，再远一点。当时的情形真是恐怖到了极点，林达内心尽管有着强烈的求生欲望，但她还是认为自己死定了。心惊肉跳的林达就这样眼睁睁地看着两头饥饿的美洲狮一步步向自己逼近。一瞬间，她感觉自己就像砧板上的肉，只能任凭宰割。美洲狮那贪婪的眼神、锋利的牙齿和张开的大嘴就在身后。

树再高也有尽头，现在，林达已经快爬到树顶了，她已经无路可逃了。林达真的希望自己是在噩梦中，能够赶紧醒来。但即使是噩梦，那也是其中最可怕的场景，她从来没有想到自己会经历那样的事情，美洲狮尖锐的爪子和牙齿一直在林达眼前晃动，她一直害怕被它们的大爪子抓伤，或被它们的尖牙利齿咬伤。

▶▶▶绝处逢生

“那是一种超现实的体验。我很庆幸我能脱险。它们本来可以咬死我的。”林达终于靠着自己的坚持大难不死，成功逃离鬼门关。

绝望到极点的林达仍然不肯放弃，她还要做最后的努力。她看到树上有四处横生的枝杈，也不知道哪里来的力气，林达用力地折下一根枯树枝，然后又尽快把它处理成长矛的样子。她要做最后的尝试，跟死神争夺自己的生命。林达用自制的长矛狠命地猛戳狮子，她根本就想不起来应该讲究什么攻击方式，只想着要能吓跑那个家伙就好了。受到攻击的狮子不断地咆哮着，它在林达的下方，毕竟身处劣势，而且它也看到了林达的决心，知道这个猎物不是那么容易到手的，终于，它后退了，掉头跳下了树。

▼抓起树枝自卫

眼看着美洲狮离开栖身之树，林达却丝毫不敢大意。刚刚有过被美洲狮咬腿的教训，林达还没有从惊吓中缓过神来。她精神高度紧张，甚至已经变得有点草木皆兵，现在还不确定自己脱离了危险。突然，林达听到一阵骚动，她吓坏了，以为又有新的危险靠近。不过幸好情况不像林达想象得那么糟糕。她极目望去，看到了一头鹿在山坡下边。很显然鹿成了美洲狮新的追逐目标，狮子们立即被吸引了过去，它们迅速离开了林达这棵树，转过一个灌木丛，转眼就不见了，速度之快，就像突然蒸发了一样，好像刚刚的一切只不过是幻觉，什么都没有发生过。

树上的林达总算松了一口气。一场噩梦似乎有了结束的迹象。林达知道这时继续待在树上太危险了，而且她也害怕它们会再折回来，当务之急是赶紧采取行动。于是林达小心翼翼地爬下了树，她顾不上包扎腿上的伤，就快速地一瘸一拐地跑到了山坡附近的一个小型住宅区。

▼狗是外出时的好伙伴

▶▶▶享受生活

“我曾经很害怕去野外森林里旅游。但是现在我一点也不怕了。我不会独自外出，而是会带上一条狗，或是找个伴一起去。”大难不死的林达更加热爱生命，热爱生活。

林达成功逃脱两头饥饿的美洲狮的利爪，很幸运地大难不死，只是腿上受了一点轻伤。林达无疑是被上帝眷顾的，因为就在几个月后，一名男子被攻击过她的那两头美洲狮杀死了。

现在，当林达又一次身处深山，站在高处，享受清风拂面的美好时，她面带微笑，俯视山下，尽情地敞开怀抱。她仍然会常常回忆起那段可怕的经历，对她来说，那真是一种超现实的体验。林达很庆幸自己能够成功脱险——那两头美洲狮本来可以咬死她的。那次经历改变了林达的生活，她脸上的笑容和自信告诉大家，她已经走出心理阴影，她想让更多的人通过自己的故事，懂得生命的可贵，从而更加珍惜生命，热爱生命。

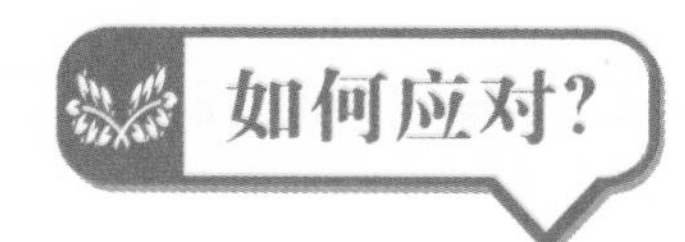

在野外遭遇类似美洲狮之类的野兽，是可能会遇到的意外情况之一。熟悉这些动物的生活习性，掌握一些对付它们的要领，结合环境，在必要的时候合理使用，可能会使你避开危险，甚至是救你于危难之中。

A. 遭遇美洲狮，你该如何应对?

a. 观察美洲狮的动向。当猫科动物准备攻击猎物时，它会匍匐下来，压低身形，耳朵向后伸，头部放低，然后悄悄地逼近猎物。这时你要注意观察它的动向，为下一步做好准备。林达在遭遇美洲狮时，它正在休息，看到走近的林达，它站起身，用一种贪婪的眼神盯着她，还轻轻摇着尾巴，向前迈了一步，然后慢慢向林达靠近，这些都是它将要行动的信号。林达的到来点燃了它的斗志；当一头美洲狮缓慢的行动，静静地看着，没有弄出一点声响的时候，它们已经决定向林达发动攻击了。

b．不要轻举妄动。经验丰富的动物专家史蒂夫·马丁建议，此时最好不要跑，否则美洲狮会出于本能追逐你。林达在遭遇美洲狮时，虽然由于惊恐一下子无法反应，但她很好地保持了冷静，她知道绝对不能简单地掉头就跑。因此，林达选择了留在原地，这种做法不但给了自己足够的时间缓冲情绪，也对稳定美洲狮的情绪起到了积极作用。

c．保持镇定。当你遭遇猫科动物时，你要站在那儿慢慢移动，不能对它采取攻击性的举动。不过你也不必怕它，你要让它知道，你站的地方就是属于你的地盘。林达当时只是向后退了几步，然后就站在那里，开始向美洲狮示威。林达采取的方法虽然不是很专业，但她至少很好地表达了自己的立场，也有效地为自己争取了时间和机会。

▼在进攻猎物时会有征兆

B．美洲狮向你逼近，你该如何应对？

a．向它示威，尝试吓退它。如果美洲狮继续向你逼近，就试着用攻击性的动作吓退它。此时，你必须尽可能让自

▲尽量站在高处，配合抖动随身衣物使自己看起来强大

己看上去很有威慑力。林达在危机时刻，举起胳膊，使劲向它们挥舞，尽量让自己看上去很高大，同时嘴里还在大喊大叫，这些举动虽然不能完全奏效，但至少能为自己壮胆，也可以对美洲狮起到一定的震慑作用。它会看着你，并且开始琢磨：我是不是不能惹恼那个人。如果没有能撑开的外套，也可以像林达一样，把双手举起来，使自己看起来强大。更重要的是，可以为自己争取时间寻找逃命的机会。

b．尽量站到高处。如果实在没有什么东西可以利用，还可以站在岩石上或者树桩上，让自己看上去更高大、强壮。或者像林达一样，站到一个高些的土坡上。只要能让你踩在上面，显示出自己高大的东西，你都可以拿来使用。

c．使自己看起来可怕。除了以上的一些动作和场地的利用，还有一个战术就是龇牙咧嘴，大声吼叫，或是制造出一些可怕的声响。林达在这方面就做得很好，她嘴里大喊大叫着，配合着动作，在客观上起到了一定的自我保护作用。

▼攻击要害部位

C. 美洲狮发动攻击，你该如何应对?

a．利用手边的东西反击。如果美洲狮发起攻击，你要尽量用身边的东西来反击。林达最开始是用最简单的工具——她弯腰捡起一块石头，扔向前面的那头狮子。在没有起到预期效果的情况下，林达开始逃生。但是，她在逃跑途中不忘记反击，一边跑一边扔树枝之类的东西，试图阻止它们。最后决定性的武器是林达折下的一根枯树枝，林达对它善加利用，把它修理成长矛的样子，并最终凭借这个很原始的武器使美洲狮调头下了树，为自己的安全争取了时间和机会。如果实在没有东西可以利用，你的手、脚、胳膊、腿，都可以用来防御。

b．攻击对方要害部位。如果你手边有东西，比如木棍、渔竿或手电筒，要拿来攻击它的要害部位，如戳它的眼睛。林达在受伤的情形下还不忘用脚狠狠踢美洲狮的头，只凭着脚力就把狮子赶下了树干；在最危急的时刻，她死命折下一根枯树枝，用这根自制的长矛狠命地猛戳狮子，保证了自己的安全。

c. 奋起反击。面对凶猛的野兽，奋起反击比坐以待毙会增加生存的机会。林达自始至终都没有放弃反击，不管是毫无用处的小石头、枯树枝还是自己的脚，还是最后自制的长矛，林达自始至终都在寻找一切可以反击的机会。这种态度和做法也是成功击退美洲狮的关键所在。

d.不要放弃求生希望。在任何情况下，起决定性作用的，还是人的求生意志。在那么紧急的情况下，即使遭遇到数量两倍于自己的美洲狮，即使力量悬殊，感觉自己就像砧板上的肉，只能任人宰割，林达依然没有放弃求生的希望，她想逃命——正是求生的强烈愿望，支持着她逃过美洲狮的一次又一次追捕。记住，奇迹是可以由自己创造的，你的潜能可能会超乎你的想象，你就是自己的上帝，自己的救星。所以，在任何情况下，都不要放弃生命，放弃希望。

▲没有武器的情况下，可用脚踢

坠崖骨折

引言

如果有一天您徒步旅行迷了路，四处寻找方向时却失足掉进了悬崖。身负重伤，疼痛难忍，饥寒交迫，你该如何应对？

野外旅行是高危险的活动，尤其是只身一人、生存工具没带齐全的情况下，更是增加了潜在的危险。因此你应该竭力避免一个人徒步到人迹罕至的地方旅行。艾米·罗西娜想躲避城市喧嚣，于是准备进行为期两周的远足。她计划好了每个细节，但灾难还是发生了。原想在远足中寻求宁静，结果却遭遇一场危机，命悬一线……

▶▶▶出　发

“我喜爱户外活动，喜欢随时去我想去的地方。我特别喜欢独自徒步旅行，因为这样不用迁就别人。”艾米决定独自进行为期两周的徒步旅行。

一段时间的忙碌过后，艾米喜欢用户外活动来缓解自己紧张的情绪，而且，她一向喜欢一个人旅行，她感觉这样可以完全听凭自己的兴趣，无拘无束，想干什么就去干什么。

▼自然美景

对艾米·罗西娜来说，这样的放松是对平时生活的一种解脱。

徒步旅行前，艾米规划了出行时间、行走距离，为了以防万一，她还去护林员那里登记了自己的旅行路线。

用艾米自己的话说是："我知道可能会有危险，但我不怕。我相信如果发生意外，我能应付。"

这是艾米进行过的最漫长的一次旅行，途中要穿过肯恩斯溪谷国家公园中最崎岖的路段。在旅行到了第二个周末的时候，艾米决定动身前往地势宏伟的塔希皮提峡谷，为此她感到特别兴奋。但是动身之前，艾米的旅行包已经空了。

这条路线非常原始，艾米一直走了三分之二或是四分之三的距离。其间几次迷路，事故发生时，她正调头寻找正确的路线……

▲艾米很享受户外旅行的感觉

这个时候，艾米并不知道，一场危及生命的灾难正在等待着她。在经过两个星期的野外徒步旅行后，最终她却要匍匐着缓慢爬行，为生存抗争。这是艾米计划这次冒险活动时根本没有预料到的。

▸▸▸受　伤

"我的求生欲望有多强？答案是我非常想活下去，我还没准备去死。"掉下悬崖后，艾米环顾四周。然后，她决定自己想办法走出困境……

艾米在辛苦寻找正确方向时，并不知道，她的双腿正在迈向悬崖的边缘，她的脚下，是深不见底的茫茫深渊。

▼一脚踏空掉落谷底

当时，艾米用一只手抓住一棵树，另一只手扶着一块岩石，正在摸索着往前走，忽然，她一脚踏空，像一块石头一样，径直落了下去，根本无力自救，最后一直掉到了谷底。

一阵眩晕之后，艾米发现自己躺在一个黑暗的峡谷底部，她的第一个念头是自己还活着。在自由落体二十多米之后，她不偏不倚地坠落在坚硬的岩石上，由于是双腿先落地，腿部受到猛烈地撞击，所以清醒之后开始感觉到疼痛起来。

艾米仔细检查自己的受伤情况。她发现自己的前牙磕掉了，鼻梁骨也撞裂了；两条腿已经受伤变形，右膝盖下面的骨头居然都露了出来，很显然，双腿已经丝毫不能动弹。

当务之急是想办法处理伤口。艾米在右膝盖的创口处倒了一些过氧化物药粉，然后紧紧地包扎止血。因为她知道，失血过多会导致死亡，一想到死，艾米就不由自主地哆嗦起来。

太阳就要落山了，幸运的

是，艾米的背包就落在她够得着的地方。艾米从背包中拿出食物，热了一些水，做了个鸡汤，穿上包里装着的暖和干燥的衣服，然后抽出睡袋，盖住自己的身体，这样能避免体温过低，在夜里不至于被冻死。

筋疲力尽的艾米似乎忘记了身上的多处伤痛，迷迷糊糊中，很快就睡着了。

▶▶▶自　救

"当时，我祈祷能得到帮助。在那种情况下谁不会去祈求上帝的帮助呢？"艾米在峡谷底部艰难爬行。

▼将背包背在身上

艾米太累了，虽然身上到处是伤，但一晚上却睡得很踏实。

早晨醒来，艾米再次意识到自己当前的处境。她又一次想到了死，想着自己很可能会死于感染，她开始怀疑自己能否活着离开这个峡谷。艾米所处的位置很隐蔽，离此最近的主要旅游线路也有八百多米的距离，因此很难被人发现。她的情绪低落到了极点。

下一步该怎么办？艰难的处境和难忍的伤痛让艾米陷入了忧愁。她知道沿着小溪走，最终一定能到达塔希皮提峡谷的底部。于是，在万分之一的希望中，艾米开始拖着沉重的身体，艰难地向前爬行。

这是一个相当痛苦的过程，艾米感觉双腿好像已经不是自己的了，她时不时地用手去拖它们。前进对艾米来说相当困难，她只想着爬到下一块岩石，下一棵树木，或者下一个目标。第一天，艾米往前挪了将近 50 米，她实在疲惫不堪，连再挪一丁点的力气都没有了。

后来，艾米干脆躺在一块石灰岩的凹面上，吃了点东西，重新整理了一下包裹伤口的布——一天下来，它已经快被磨破了。艾米准备好好睡上一觉，等明天再继续爬。

▼艰难爬行

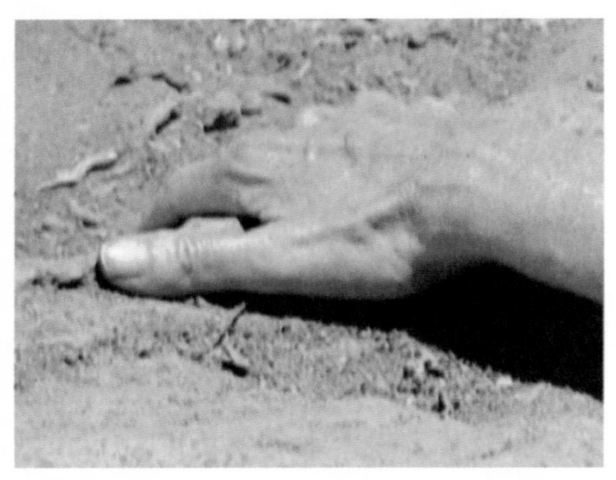

黎明总算来临了。休息了一夜的艾米打好背包，用一小截绳子把它绑在身上，以免掉落，然后继续实施自己的计划。艾米沿着小溪而下，途中经常遇到一些障碍物，有时候可能小到像 5 厘米高的一根树枝，都会给她带来不小的麻烦。因为艾米无法让身体抬离地面那么高，所以必须要么挪开或折断障碍物，要么绕开它。这确实是一种艰难的挑战。这一天，她向前挪动了 90 多米。

最担心的事还是发生了：膝盖上的伤口受到了感染，而且感染面迅速扩大。艾米尽力不让自己想太多，尽量把精力关注当下，看自己还能做什么，明天有什么样的打算，下一个小时如何行动，甚至接下来的

5 分钟该做什么。

得救后的艾米回忆起当时的情景，感觉正是自己的这种心态，间接挽救了她的生命。如果当时自己只是一味地悲观失望，只会让伤口恶化的情况加重，让身体越来越虚弱。能干什么就干点什么的心态，让她的身体保持了正常的状态，延缓了体力被完全耗尽的时间。

又一天开始了。艾米到达了溪水中一个由岩石和树干组成的天然水坝。她花了一整天时间试着把自己抬高 15 厘米，以到达水坝边或是找到一条绕开水坝的路。但她死活做不到，只好停了下来。艾米使尽全身的力气，沿着偏僻的峡谷向下挪动了近 140 米，结果却陷入了进退维谷的境地。

那天的傍晚时分，艾米坐在那儿，把水加热给自己做些吃的。她大声喊着："救命啊！有人能听到吗？"其实，此时艾米觉得生还的希望越来越渺茫了。

▸▸▸获　救

"我那时浑身是伤，散发着恶臭，我敢说那种味道肯定特别难闻。但是他没有丝毫的犹豫，直接走过来抱起我。他很清楚，那个时候我最需要别人的抚慰。"艾米终于等到人来救她了。

◂▸ 艾米的求救声引来了旅行者

正当艾米以为求救无望的时候，徒步旅行者杰克·范·阿科伦和妻子莱斯莉刚好听到了艾米的呼救声。

杰克·范·阿科伦当时以为是一只垂死的动物在哀叫。他拿出求救用的口哨，试探着吹了两三下。

艾米听到这个声音后拼命大声尖叫起来，她要把握这个难得的求生机会。同时她还敲打着水壶，吸引着对方的注意。

杰克·范·阿科伦和妻子莱斯莉决定马上实施求援。他们想好了一个方案：莱斯莉继续沿着塔希皮提峡谷下行，去和朋友沃尔特碰头——他已经走到了他们前面；杰克·范·阿科伦则带上装有急救包的背包，去继续搜寻这个受伤的旅行者。峡谷向下的路非常陡峭，根本没法直接走下去，他只能借助手锄一步步往下挪。

焦急的艾米听到坡顶上的灌木沙沙作响，她更大声地呼喊救命。杰克·范·阿科伦沿着山坡攀爬下去，趟过小溪，上到岸边，穿过灌木丛和树林，然后，就看到

▼艾米疯狂叫喊，同时敲打着水壶吸引救援者

了艾米。这也是五六天以来艾米第一次看到人，当她看到杰克时，忍不住哭了起来。

仅从艾米的脸上看，杰克·范·阿科伦就知道发生了非常非常可怕的事情：她脸上有大块的瘀伤，青一块紫一块的。她看上去狼狈不堪，身上有很多地方都肿起来了，两只脚肿胀的尤其厉害，几乎没有了脚的形状。她还用丝巾包扎了自己的右膝，全身满是擦伤和磕伤。

杰克在艾米身边坐下，抱起她，就像登山途中遇到了自己的姐妹。艾米虽然伤势很重，但仍然忍不住想笑，她知道自己活下来了，她很庆幸自己获得了帮助。两人互相介绍着自己，那一刻，艾米笑了，那是发自内心的笑容。

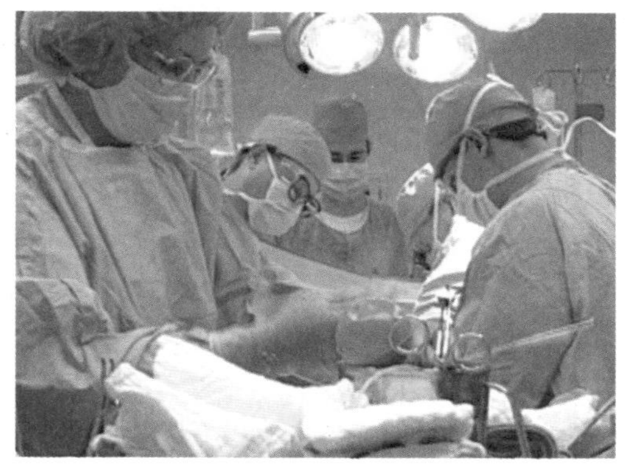

▲成功获救

天很快就黑了下来，杰克觉得在那样的夜晚跑到山外去求助是非常不理智的。他打算陪艾米在那里过一夜，直到第二天营救人员过来。

►►►改 变

“其实，我也只是碰巧发现了她。我很荣幸……像那样挽救了一个人的生命。”杰克·范·阿科伦很庆幸自己能在救助艾米的过程中起到作用。

此时莱斯莉正待在塔希皮提谷底，沃尔特和她一起摆了一个大大的十字标记，好让直升机看见，知道着陆地点。

第二天即将结束时，艾米终于离开了这个可怕的峡谷，并被迅速送往最近的医院。在那里，医生给她受伤的膝盖做了 7 次手术。

这件事让艾米觉得，上帝是眷顾她的。她从此明白了一个道理，那就是，只要不放弃，就能活下来。以后的艾米无论遇到什么样的困难，她都始终坚信自己一定能挺过去，正是这次经历给她增添了面对生活困境的勇气。

艾米的医生说，如果再耽误一天，艾米将因感染而死。如今她已经痊愈，而且又开始徒步旅行，不过，与以往不同的是，她每次总会和一个朋友一起去。

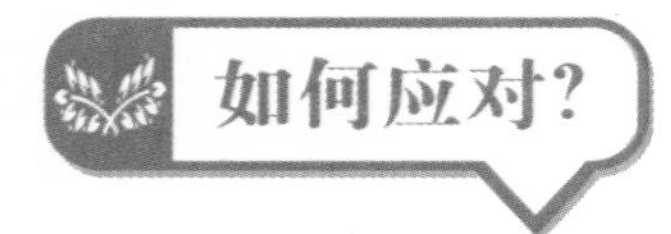

如何应对？

野外生存有许多潜在风险，一不小心，就会面临生命危机。野外生存专家科迪·伦丁给外出徒步旅行的人，

▼艾米十分感激救命恩人

提出了正确全面的建议：

A. 山谷迷路，你该如何应对？

a．临行前，把出行路线告诉你的朋友和家人。把你的旅行计划告诉至少两位信得过的朋友。包括你打算去哪里，什么时候回来等等。这样做是为了以防万一。

b．假如已经找不到原来有旅游路径的那座山，争取找到一条小溪，顺着溪流走。一般情况下，溪流会指引你，迟早把你带出山谷。遇到瀑布也要想办法绕过，继续沿着溪流前进。

如果山里没有溪流，你应该做的，仍然是想办法登上一座较高的山岗。根据太阳或远方的参照物（如村庄、水库、公路）辨别好大致的方向和方位，在这个方向上选定一个距离合适也容易辨认的目标山岗，向目标山岗前进。

c．如果发觉处于错误的地点，应设法使自己的立足点保持稳固：倘身处岩壁，则先找寻岩床或两脚与攀手位置稳固之处；倘身处雪谷，则应利用登山镐凿出稳固的立足点。若身处不稳定的立足点，必然难以冷静地做出判断。所以，必先寻找到稳定的立足点。

d．在完全偏离路线的情况下，最困难的情形，莫过于在沼泽区迷路。在连接瀑布的悬崖、峭壁等重重难关的溪谷区，很少能够另开新的路线。除非遭受台风所造成的损害或瀑布崩坏等等巨大变化，否则应留有以往已开出的明确路线。倘若手拿着行动指南，一边比较溪谷形状或瀑布的特征，一边攀登而上，大致上不会出错。

e．误入无人的溪谷时，应该在陷入困境之前，立即折回。如果继续强行靠近溪谷，往往会碰上意想不到的瀑布，或溪谷之后紧接而来的谷壁、灌木丛等重重难关。

B. 饥饿寒冷，你该如何应对？

未雨绸缪是紧急情况下自救的关键。记住，打包时要带上急救包、足够的食物、暖和的衣物。

a．舒适的穿着。舒适厚底的鞋子和两三双棉袜是长途跋涉中必不可少的，它可以保证你的脚不起泡，而耐磨宽松的长裤则是你穿越丛林的最佳选择。上衣最好吸汗透气，以柔软的T恤为佳。夏季虽然天气较热，但山里可能会有蛇或别的凶猛动物，所以千万别穿短裤。山里温差大，早晚加件外套可以帮你抵御山风。夏季的山林多雨，雨衣自然少不了，另外最好带上泳衣、泳裤。

b.适量的食物。自备的食品应以热量高、能量高、重量轻、体积小为选择标准。主食最好是容易保存的大饼、干粮、方便面；副食可以带牛肉、火腿、鸡蛋，但一定要用真空包装。牛肉干、纯牛奶、果丹皮、花生米都是均衡营养的佐餐佳品。由于运动量大，你的食欲会大增、口味也会加重，所以带上自己喜欢的果酱、辣酱是十分明智的。

c．准备饮用水。没有水就保障不了生命。假如你没计划在旅行路线上存储淡水或是不清楚哪里有水，那最好带上水。因为在过冷或过热的天气里，身体脱水会引发危险。记得还要带好盛水的袋子和容器。切忌暴饮，以免伤肺。

d．必备物品。随身物品最好带上手电、照相机、望远镜、打火机。洗漱用品应小巧、轻便、结实。夏日暴晒，最好准备防晒霜，阻碍紫外线对皮肤的伤害。

▼水是生存的关键

C. 逃生求救，你该如何应对?

别忘了带上能够用来发出求救信号的物品。

a．任何旅行者都可以在行囊里装一样东西——隔热毯。它就像上百万个闪闪发光的小镜子，能反射热能，有助于防止体温过高或过低。你还可以把它平放，或是拿起来在阳光下晃动，作明暗标志和运动信号。

b．在紧急情况下，制造声响的最佳方法是使用口哨。

c．注意掌握国际通行的遇难求救信号。典型的求救信号是3声为一组。其含义是，我遇到困难了，请来帮帮我。你可以吹三声哨子，敲三下水壶，或者击打三下平底锅。一二三。只要能发出声响的东西都行。这是求救的一个方法。

d．最重要的是，保持良好的心态。能否幸存90%取决于求生的欲望。如果求生欲不强，无论背包里装了什么，带了多少甜食，都无济于事。因为那是一种精神上的考验。

e．再介绍一种可以救命的小玩意，就是一部卫星电话。虽然样子很像早期的手机，但它在最偏远的地方都有信号。你只需对着天空拨一个直线电话就行，记得下次远足时带上。

▲隔热毯、卫星电话都可用来求救

伤口的清洁妙方

身体受到重伤以后，一定要及时处理伤口，使受损部位的组织可以迅速愈合；如果处理不当，则可引起伤口进一步恶化，出血、化脓，甚至引起全身性感染，严重的还可能危及生命。

雪崩活埋

引言

你满心欢喜地想要去攀岩，却在毫无防备的情况下遭遇雪崩，你被活埋了。这里远离人群，与你同行的男友生死未卜，你自己也被埋在雪里无法动弹，你找不到他人求救。在这千钧一发的危急时刻，你该如何应对？

每年冬天，全球都会有大约150名登山者、滑雪者或其他人士死于雪崩。多数情况下雪崩都是在人毫无防备时发生的。南茜和托马斯本来想以远足的形式来庆祝情人节，却想不到被雪崩困住……

▶▶▶雪　崩

“我从岩壁上掉落下来，并开始在雪里面挣扎，我知道自己遇上雪崩了。”面对突如其来的灾难，南茜根本束手无策。

2000 年 2 月 14 日，在新罕布什尔州迪克斯维尔山口镇，南茜 · 弗兰纳里和托马斯 · 布鲁克斯这对情侣，想以远足的方式来庆祝情人节。当时高山上覆盖着刚飘落的积雪，天气非常好。

南茜觉得当时天很冷，但很多时候也能感受到温暖的阳光。远处的山脉清晰可见，近处的道路和树木都披着一层雪白的外衣，整个景象看起来像一副精致的图画，简直美极了，身处其中，你会觉得自己像是到了另外一个世界。南茜被深深吸引着，以至于多年后，她对当时的情景仍然记忆犹新。

▲满怀期待的旅程

南茜和托马斯曾多次外出攀岩，因此，他们并不觉得这次攀岩会有什么问题。选择用远足来庆祝情人节，也显示了他们与众不同的独特创意。南茜和托马斯踩着厚厚的积雪，在深及膝盖的雪地里行走，他们对这次浪漫之旅充满期待。山路崎岖陡峭，增加了他们出行的难度，却丝毫没有减弱他们的兴致，他们原本估计攀岩后差不多就到了吃饭时间。这时他们离要攀登的岩壁并不远，大约也就一刻钟的路程。但那天他们花的时间比较多，因为前一天晚上刚刚下过雪，地面的雪很深，也很软。南茜记得自己当时还问汤姆，“这地区以前发生过雪崩吗？”汤姆回答说，“哦，可能发生过吧。”虽然讨论到了可能会遇到的危险，但兴致勃勃的南茜和托马斯并没有停止前进的脚步，他们更没有想过自己会真的遭遇雪崩。

他们边走边兴奋地交谈着，直到最终到达目的地。当时他们想攀登一处近乎垂直的岩壁，那地方并不是很高，可能也就有七八米的样子。当汤姆抵达顶部准备固定冰锚时，南茜仍在继续往上攀登。汤姆在山顶寻找着合适的位置，他的脚移动时，脚下不时有积雪被踩落山下，所以当南茜感觉有一点点雪花散落在了自己脸上时，丝毫不以为意，甚至抬头看看山顶的汤姆，她还以为是汤姆在和自己开玩笑呢。

但随后一切都发生了天翻地覆的变化，让南茜知道这绝对不是玩笑——大堆的雪从南茜的头顶冲下来，最后形成一股雪的洪流，像条巨大的瀑布一样，呼啸着从山顶喷涌而下。南茜被雪流瀑布冲的从岩壁上掉落下来，并开始在雪里面翻滚挣扎——南茜知道，遇上雪崩了！

▼雪崩瞬间发生

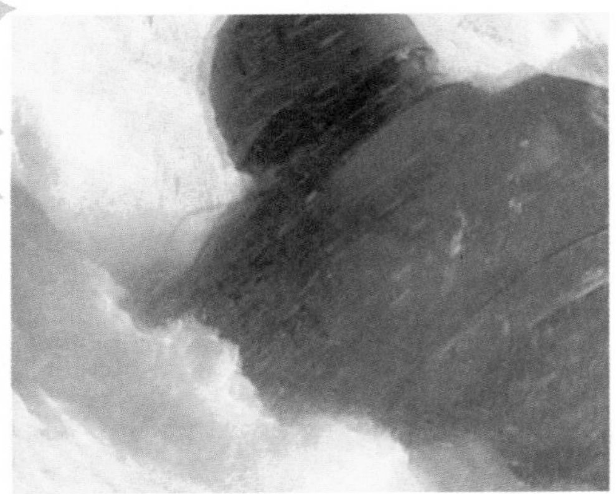

►►►活　埋

“周围一片寂静，雪地上没有留下任何人的痕迹。于是我就想，他一定被埋在雪里了，他很可能已经死了。”南茜和汤姆都被这场雪崩深深埋在了雪里。

南茜处在雪崩的中心位置，她被雪流冲击得不断地滑行着、旋转翻滚着，她能够感觉到自己撞到了树木和岩石上面——好像有什么东西在狠狠抽打自己，可怜的南茜觉得自己当时遇到的情形就好像是被一只疯狗在撕咬着的毫无还手之力的布娃娃。她无助地翻滚着，天旋地转，高山和树木快速地从眼前闪过，她根本不知道自己身在何处。

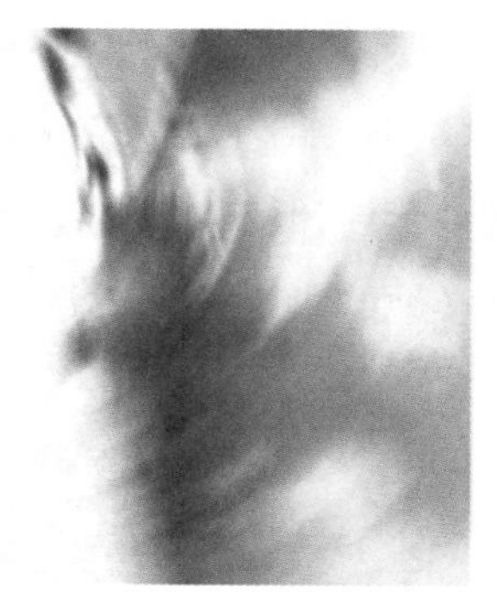

◀▶ 劫后余生

南茜之前也曾经看过有关雪崩的相关知识，据说遇上雪崩时应该做游泳的动作，同时身体尽量放松。但此时的南茜根本无法做到这一点，因为她根本就无法控制自己的手臂。在大自然的巨大威力面前，南茜是多么微不足道啊！更恐怖的是，南茜一直紧握的登山工具也从她的手中挣脱出去挂在了树上。南茜控制不了自己，她好像身处于一个巨大的漩涡里，又感觉自己在雪中快速滑行着，不知道会滑到什么地方停止。事实上这个情形可能只有几秒钟而已，但对南茜而言，那种感觉就好像经历了几个世纪那么漫长。

可怕的雪崩终于过去了，南茜终于可以停下来睁开眼睛，她首先想到的是：汤姆在哪儿？此时南茜强忍着眩晕的感觉，呼唤着："汤姆！"

回答南茜的除了自己的回声，就是周围的一片寂静。南茜向四下张望着，触目所及，全是白茫茫的一片，雪地上没有留下任何生命的痕迹。汤姆一定被埋在雪里了，他死了吗？这种想法让南茜感到恐惧，她不停地呼唤："汤姆！汤姆！"

当南茜用微弱的声音再次呼唤汤姆时，觉得有些喘不过气来。这时她才注意到了自己所处的环境：整个人都被雪埋住了，只有头露在外面，积雪压住了胸部，无法正常呼吸。尽管南茜此时距公路并不远，但她所处的位置偏僻，很难被人发现。这时南茜只有左手露在外面，身体其他部位都被积雪埋住，根本无法动弹了。南茜努力回忆着做护士时学过的求生技巧，希望能为自己求得一条生路。

►►►自　救

“我们经常要处理突发事件，我知道该怎么做。于是我对自己说，‘保持冷静！你必须保持冷静，然后把自己救出来’。”南茜运用自己的常识，成功解救了自己。

▼用头盔清理积雪

南茜经常要处理突发事件，她知道该怎么做。于是南茜命令自己保持冷静：必须保持冷静，才能把自己救出来。最初南茜只能用左手手指移动积雪，她一点点地挖着积雪，然后开始运用左手肘、小臂一起用力，哪怕只能把积雪移动一点点，南茜都没有放弃。这是一个缓慢而痛苦的过程，但最终南茜成功了，最先解放的是左手，然后是右手，这下左右手可以一起来清理身上的积雪了，最后，南茜终于让自己的手臂自由了。

有了两只手臂的帮助，南茜清理积雪的动作快多了，她的腰也可以不时地转动几下。南茜一边不停地清理积雪，一边向四下张望，希望能够看到或听到些什么。刚开始时她一无所获，四下只有白茫茫的积雪，除了雪地里的松树枝外什么也看不到。后来南茜看到前方的积雪稍稍动了一下，它就在南茜前面3米左右的位置。南茜以为自己看错了，那里只有一些松树枝散落着。但随后，南茜看到了一个小小的发黑的物体，南茜认出来了，那是汤姆的手指，是他的手套露出了雪面，而且他的手指在动——汤姆还活着！这个发现让南茜惊喜不已。她不禁仰起头，轻轻地靠在雪上微笑起来。事实上，此时汤姆的情况并不太妙，积雪已经埋住了他的头，他通过移动手臂制造了一个气孔，使自己能够呼吸到空气。

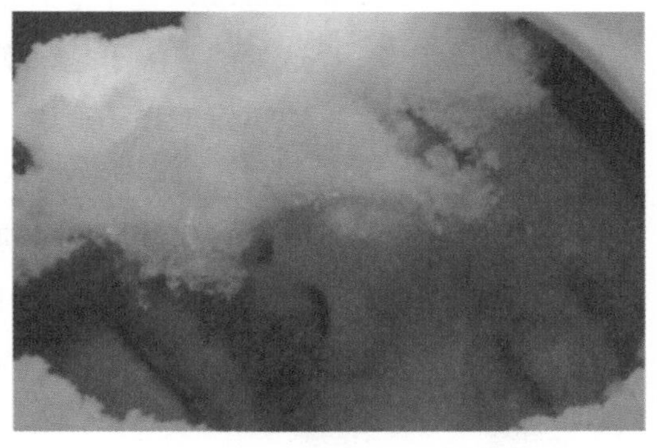

▲寻找汤姆

南茜在自己的位置看到汤姆的手指一上一下地挣扎着。虽然手指的动作是那么微弱，但这种生命的迹象让南茜对获救充满了信心。南茜密切地关注着汤姆的手指，它是那么虚弱，像寒风中随风摇摆的松树枝，看起来了无生气。而且有那么一刻，汤姆的手停在那里不动了。南茜绝望地想，他一定是死了，他一定窒息了，这种想法让南茜恐惧不已。焦急的南茜顾不了太多了，她取下头盔当做挖雪工具，尽量快速地挖着身上的积雪，她想尽快把自己解救出来，以便去救汤姆。

积雪本来在南茜脖子的位置，在南茜的不断努力下，她为自己挖出了一个小洞，她努力扭动着身体，希望能尽快从这个洞里爬出来。可在向上爬的过程中，周围的积雪一次又一次地塌陷了下来，南茜一次又一次被雪埋回洞里。最后，经过45分钟的努力，南茜自由了，她终于成功爬上了地面。此时南茜的身体几乎冻僵了，但她顾不上检查自己的身体，就跌跌撞撞地赶往汤姆被埋的地方。

南茜急切地呼唤着男友：“汤姆！”让她惊喜的是，她的呼唤有了回应，汤姆微弱的声音从雪下传来：“南茜……”这声音使南茜惊喜极了，汤姆还活着！南茜不知道汤姆处于怎样的状况之下，但她知道汤姆还活着，这就够了。于是，南茜疯了似的一边用手扒着积雪，一边不停地和汤姆说话。埋在汤姆头上的雪暂时被清理到一边，但南茜一个人的力量还无法将汤姆救出——汤姆的腿被压断了。南茜迅速地做着判断：在这种情形下，自己根本无法将汤姆背下山。她必须将汤姆留在原地。

▼告别汤姆，下山求援

▶▶▶求　援

“我没法救你出来，我得去找人帮忙。”南茜告别汤姆，拖着伤腿下山去寻求救援。

汤姆躺在雪里，受伤的腿露在外面。两个人关切地询问着对方，汤姆安慰南茜说自己的伤腿不疼，这让南茜稍微放了点心。她也回答汤姆说自己的腿有点疼，但没关系——其实她的腿疼得要命。南茜安抚地拍拍汤姆，然后转身快速离开去寻求帮助。多年后，回忆往事，南茜不禁对自己当时的坚强露出满意的微笑。

即使南茜感到伤口很痛，她的勇气和决心却仍在支撑着她不断向前。南茜在雪地上艰难跋涉，她不断地对自己说，“要保持冷静，深呼吸，别老想着身上的疼痛，一定要走下山。”南茜在疼痛之余还在想：万一汤姆体温过低怎么办？再次发生雪崩怎么办？无法及时找到救援怎么办？

▼救援人员赶去寻找汤姆

不过上帝保佑，南茜的这些忧虑都没有再出现，当她到达公路的时候，正好有一辆卡车在马路边上停了下来。这真是太不可思议了，太巧了。南茜顾不上腿上的疼痛，跌跌撞撞地拖着伤腿向卡车跑去。卡车司机迅速帮南茜找到了救援机构。很快，专业救援人员以及志愿者就循着南茜的脚印赶到山上找到了汤姆。

南茜简直无法相信自己居然带着那些伤走下了山。多年以后，南茜回忆起自己当时的壮举，都觉得那简直是个奇迹。当救援人员对她说“南茜，我们已经找到了汤姆，他还好”时，南茜的精神一下子松懈下来，她立即觉得自己都不能动了，只觉得全身都很痛。她知道，此时此刻，自己和汤姆都安全了。

►►►新　生

“我喜欢对人讲这些故事。她非常勇敢。我会非常自豪地告诉别人，她就是我妈妈！”如今的南茜有着自己的新

▲成功自救的南茜对生活充满了热爱

生活，孩子们已经帮助她走出了心理阴影。

尽管一同面对过死亡，但危机过后，汤姆和南茜最终还是分手了。如今南茜在马萨诸塞州的一家精神健康中心工作，她仍喜欢户外运动，而且孩子们也帮她恢复了心理健康。当南茜静静地坐在桌前品一杯咖啡，或者当她在户外静静地散步时，你从她那沉静的表情和平静的眼神中，已经很难看出那场雪崩带给她的任何阴影了。成功自救的南茜对生活充满了热爱，她喜欢眺望大自然，并且很想从中看出大自然的秘密；她喜欢跟孩子们在一起，这些年轻的生命让她觉得生活充满了生机和活力。

一个女孩很喜欢对人讲南茜的故事，她觉得南茜非常勇敢。她非常自豪地告诉别人，南茜就是自己的妈妈。

如何应对?

雪崩是最常见的自然灾害之一。在大自然面前，人类虽然很渺小，但也可以运用自己的智慧和常识最大程度地避免自然可能带来的伤害。如果你不幸和南茜一样遭遇雪崩，要时刻记住这么几点，它们可以帮你减少灾难，把握生存机会：

A. 发现雪崩迹象，你该如何应对?

a．拨打求救电话。全国各地的国家公园和滑雪场都开通了雪崩求救热线。如果发觉有疑似雪崩的迹象，可以拨打求救电话，寻求专业救助。

b．避开雪崩易发场所。雪崩往往发生在偏远地区和35 ~ 45 度的斜坡上，这也是滑雪场的专业滑道的倾斜度，因此你应该尽量避开这些地区。当天气突然发生变化时就有可能发生雪崩。第一天下了 30 多厘米厚的雪，第二天阳光明媚，第三天又下了更大的雪——这样雪地里就形成了好几层，也就是所谓的“板层”。如果顶层比底层重的话，再加上你的大喊大叫，就可能导致底层松动，出现雪崩！在南茜和汤姆攀岩的前一天晚上，刚刚下过一场雪，地面的雪很深，也很软，这就具备了雪崩的条件。如果南茜他们足够细心，这场灾难原本可以避免。实际上，汤姆和南茜已经就雪崩的问题进行过讨论，他们甚至说到了曾经发生过雪崩的具体区域。只可惜，他们只是说说而已，并没有真正对事情的严重性给予足够的重视，而正是这小小的疏忽给自己带来了伤害。

▼雪崩易发生在偏远地区和35 ~ 45 度的斜坡上

c.保持安静。也许你和南茜一样，喜欢高山。滑雪、攀岩、远足，这些运动你都喜欢，但奉劝你一句：千万不要去碰运气。关于雪崩你必须了解的一点是，雪崩十有八九都是登山者自己引起的。所以登山时不要高声喧哗，要对雪山充满敬畏；不要在危险地带滑雪、攀岩或者驾驶雪地机动车。

d.及时逃生。如果是你引起雪崩的话，你还有机会逃生。你可以逆着雪崩的方向往山上跑。有一点是肯定的：你不能往山下跑！因为雪崩的平均时速是128.8千米。在这场事故中，南茜是被雪冲下山的，这就为她的逃生制造了极大的困难，还给她的身体带来了不小的伤害。

B. 雪崩发生，你该如何应对？

a. 离开板层。如果雪崩时你在滑雪的话，立即离开板层！你应该以45度的角度向山下滑，这样能够发现雪崩的左右边缘，然后逃离雪崩板层。在这场雪崩中，如果雪崩刚刚开始时，南茜就能够发现迹象，并能够逃离板层，她本来还有机会躲过雪崩，可惜，她以为雪崩开始时的雪花飘落是男友在同自己开玩笑，根本没当回事，又一次没有来得及抓住避开灾难机会。

▼天气异常很可能就是雪崩前兆

b. 以正确方式求生。雪崩时最有效的求生方式的确是游泳。在雪中滑动就如同在海边遇到了巨浪。尽管游泳姿势对南茜没有奏效，但蒙大拿州的一位雪地车手却靠自由泳的姿势得以幸存：在蹬腿和划动手臂的过程中，他的头部和胸部保持上扬，这就使他在着陆时比较接近地表，并且摩擦力增大，滑行的距离就不会太远。那位车手正是用

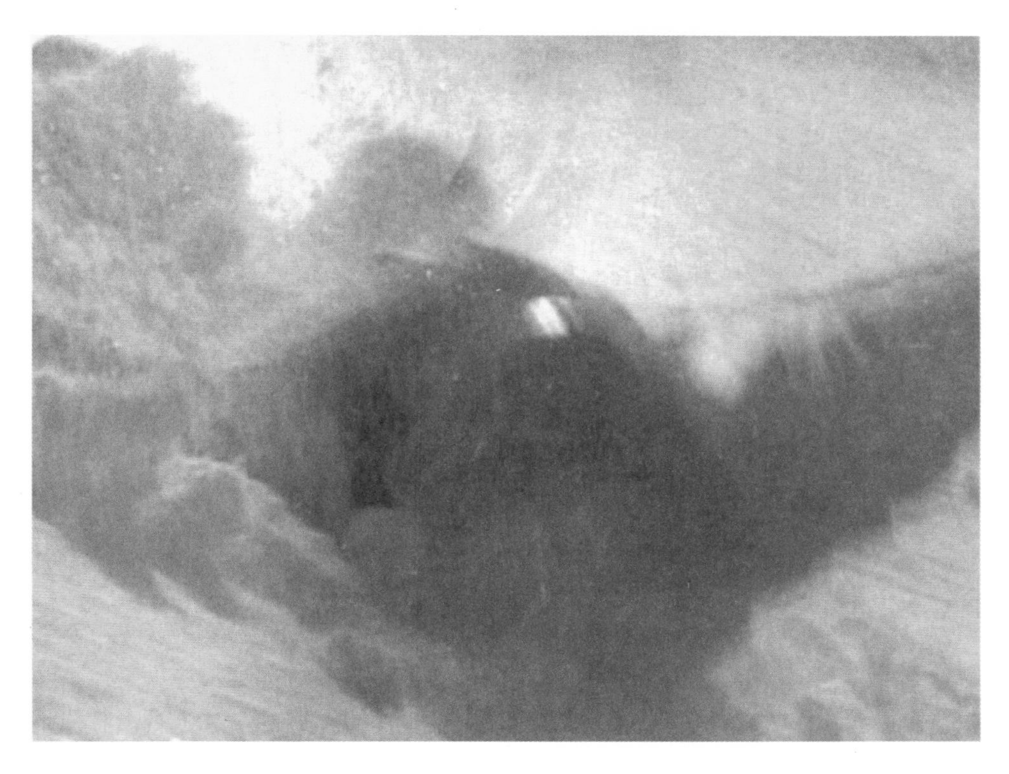

▲雪崩发生时可以逆着雪冲下来的方向往山上跑

这种方式，滑行了不到 30 米就停了下来。南茜和汤姆在雪崩中如果能稍微用上些这方面的技巧，他们受到的伤害可能就会减轻很多。

c.辨别方向。当身体停止转动时，你可能无法辨别上下。这时试着吐口唾液，如果你是垂直向上的，唾液会流向下颌；如果你是倒立的，唾液会流向你的鼻子。南茜停下来时也曾经很眩晕，不过幸好有高山作为参照物，可以大致辨别方向。

C. 被雪活埋，你该如何应对？

a．判断所处位置。最简单的方法是看看光线。如果接近地面，雪会发亮，甚至有点泛红；如果看不到任何光线，说明你被埋得很深。南茜很幸运，她的头露在了外面；汤姆就比较不走运，他的头被积雪埋住，不过他在里面可以看到光线，说明他被埋得并不太深。

b．保持呼吸畅通。如果你被埋得很深，就要尽量晃动头部以形成气孔。汤姆被积雪埋住后，他通过移动手臂制造了一个气孔，以便自己能够呼吸到空气。呼吸的畅通为他获救争得了时间和机会。

c．不要挖雪，那是在浪费你的氧气和精力。如果你被埋在了雪里，千万不要随便挖雪，当心滚动的积雪将你埋得更深。在这次雪崩中，南茜凭借着惊人的毅力救了自己和汤姆，但她在挖雪的过程中耗费了太多的精力和体力，如果不是因为头部露在外面，她很可能会因为缺氧而死。同时，她在挖雪时，滚动的积雪又不断地将她埋回洞里，如果不是她有足够的急救知识，她可能会被埋得更深。所以，如果你没有十足的把握，最好还是不要挖雪徒耗精力和体力。

d．静静地待在雪里别动。即便被雪埋住也不要惊慌，困在雪里的人多数都能继续呼吸 25 分钟。静静地待在雪地里，这主意听起来虽然很可笑，但却非常有效。犹他州

▼能否获救取决于强烈的求生欲望

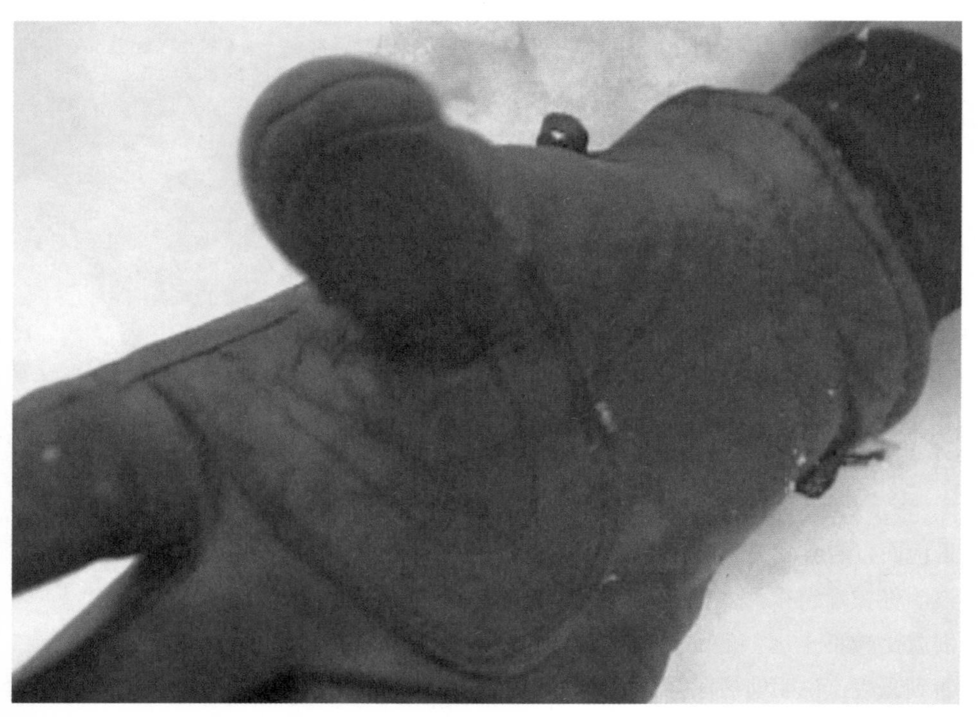

就有一位女士被埋在了近2米深的积雪里。她用头部顶出一个气孔，在救援人员抵达前坚持了两个小时！汤姆也是在被积雪埋住后，通过移动手臂制造了一个气孔，坚持了很长时间——在已经受伤无力自救的情况下，保持体力和精力，是成功获救的关键一步。

e．告知行程。如果你要出行，别忘了将你的行踪告诉朋友，并带上手机，或者租用一个紧急定位信标，它的确有可能救你的命。这次雪崩事件中，如果南茜和汤姆把自己的行踪事先告诉相关人员，他们就不必在离公路那么近的地方被雪困住那么久；如果他们有手机可以及时呼救，或者随身携带了紧急定位信标，只要一出状况，他们就能第一时间得到救助，这无疑对自己的人身安全是个很好的保障。

▲勿在危险地带滑雪、攀岩

f．要有足够强的求生欲望。要对自己不断地进行积极的心理暗示，鼓励自己支持下去。在孤立无援的情况下，南茜先是命令自己冷静下来，运用所学知识救到自己；然后又忍着伤痛跑去寻求救助，救回汤姆。这些都得益于南茜强烈的求生欲望。她不停地告诫自己：救自己——救汤姆——找救援人员。

记住：任何时候都不要放弃生命，保持强烈的求生欲望，你随时可能创造自己都无法想象的奇迹。

骑马受伤

引言

你在一条人烟稀少的小路上骑着马，受惊的马使你身受重伤，你的腿骨被压碎了，完全动弹不得。在这生死攸关的时刻，你该如何应对？

人和动物可以和谐相处，但人和动物毕竟不能完全理解对方的感受，有时候，你最喜欢的动物可能会给你带来致命的伤害。萨曼莎·邓恩是一名老练的骑手，哈利是她最宝贝的赛马，他们一直合作默契，互相信任，但那天，哈利却差点要了萨曼莎的命……

►►►马惊受伤

“设想一下，一匹一二千斤重的马扎扎实实地倒在你身上，那是什么感觉？”对已经受伤的萨曼莎来说，那种感觉更是雪上加霜。

一个晴好的日子，在美国加利福尼亚州南部的马利布，萨曼莎·邓恩一时兴起，决定到别人常提起的那条小路去看看，听说那条路上有条瀑布。萨曼莎急于享受幽静峡谷的美景，一心只想

▼萨曼莎骑着马惬意地走着

着去看看那条瀑布飞流直下的壮观景象，并没有想到，此行将会给自己带来意想不到的伤害。

▲马匹突然受惊

刚翻身骑上自己那匹叫哈利的赛马，萨曼莎就感觉不对劲。从一出门，哈利就表现得很紧张，但萨曼莎·邓恩是一名老练的骑手，她对自己和赛马哈利都非常有信心，因此萨曼莎只是安抚地拍拍哈利的背，依然按原计划前行。她既然已经决定了要去看瀑布，不管有什么困难，中途都不会放弃。至今回想起当初的决定，萨曼莎都觉得自己当时固执得有些可笑。

萨曼莎骑着马走在一条小路上，他们上了个斜坡，萨曼莎不知道坡下面有什么，就让哈利快走了几步。结果，出现在面前的是条小溪，小溪静静地映照着绿绿的树和蓝蓝的天空，看起来美极了。但哈利是一匹赛马，从没见过流水，它显然无心欣赏眼前的美景，而是被吓坏了。萨曼莎看哈利吓成那个样子，就决定不再为难它。于是，萨曼莎就下了马，打算牵它过去。

但萨曼莎没想到的是，惊吓过度的哈利突然腾空而起！毫无防备的萨曼莎急忙拉紧缰绳，想安抚下哈利，结果却被哈利猛地摔在地上，这一摔太重了，直接导致萨曼莎的肩部错位。疼痛难忍的萨曼莎还没来得及有所反应，落地不稳的哈利就紧跟着倒了下来，重重地压在她身上。

虽然萨曼莎跟赛马几乎形影不离，但她从来没有试过被一匹一二千斤重的马扎扎实实地砸在身上的感觉，特别是在肩部已经受伤的情况下。然而噩梦才刚刚开始。

▼哈利的蹄子狠狠地踩在萨曼莎的胫骨上

▶▶▶再遭重创

“我看到血疯狂地往外涌，是动脉出血了。然后，我再次瘫倒在地上。”萨曼莎知道，血流得这么快，肯定是动脉出血了。

萨曼莎痛苦地呻吟着。哈利挣扎着站起来，它抬起前腿，准备往旁边跳，结果落下来的时候，一只蹄子刚好踩在萨曼莎的胫骨上——就像一把铁铲狠狠地铲了下去，萨曼莎疼得大叫起来，差点晕过去。

萨曼莎试图用双臂支撑着坐起来，但失败了。被哈利踩中的那只脚整个歪到了一边，骨头都露出来了，非常可怕。身体的其他部位伤到什么程度？萨曼莎不敢去想。她集中全身力气，挣扎着坐起来，迫不及待地解开靴子，惊恐地看到血像一条小水管一样，疯狂地往外喷涌。她试图按住伤口，但努力以失败告终。萨曼莎挣扎着想要做点什么，但疼痛却使她无能为力，她再次无力地瘫倒在地上。

萨曼莎只能一动不动静静仰面

朝天地躺着，血液的大量流失使她越来越虚弱无力。她的上方刚好有一棵树，下午的阳光透过树叶的空隙洒下来，看起来美极了。那一刻，她感觉天地、万事万物都停顿下来，静静地与她对视着。死亡来临了吗？萨曼莎还不想死。回想起当初的情景，她相信当时一定是有股神奇的力量在支撑着自己。她似乎听到冥冥中有一个声音在自己耳边说，你还没死，快喊救命，喊呀！该死的，萨曼莎，喊呀！那种感觉就好像是自己的祖母在耳边呼唤着。然后，萨曼莎就拼命大喊："救命！"

▶▶▶热心施救

"我知道这是生死攸关的事情，所以，一听到女儿的叫喊，我马上就朝出事的地点跑了过去，来不及穿鞋，手机也忘了带。"好莱坞演员小爱德华·艾伯特第一时间赶到了事发现场。

▼泰·艾伯特听到呼救声赶来

萨曼莎一直在喊着"救命！救命啊！"她并不确定，在这个人迹罕至的小路上会不会有人听到自己的呼救声。她只是一直在叫着，祈祷着有人能路过，看到自己，帮助自己。上帝显然听到了萨曼莎的声音，终于有人向萨曼莎这个方向靠近了——正骑马回家的泰·艾伯特听到了萨曼莎的呼救声，但这个姑娘显然也被眼前的景象吓到了，她向萨曼莎说了声："我听见了！我就来！"

▲泰 · 艾伯特与父亲分头实施救助

就掉转马头向前跑去。

泰 · 艾伯特跑去的地方是自己家的农场。她寻求帮助的人正是她的父亲——好莱坞演员小爱德华·艾伯特。当时爱德华正在农场的花园里劳动。他看到女儿骑着马，神色惊慌地向自己奔过来，然后，他听到泰叫喊峡谷里有人受伤了。

小爱德华 · 艾伯特指着房间对女儿喊：“好的。进去打911！快！”泰·艾伯特听从父亲的吩咐，立刻向房间跑去，而小爱德华 · 艾伯特则马上就朝出事的地点飞奔了过去。

农场离萨曼莎受伤的地方有一段距离，小路蜿蜒崎岖，小爱德华 · 艾伯特在树影斑驳的林间迅速穿行着，还没跑到萨曼莎出事的地点，远远地就看到可怜的萨曼莎倒在一个斜坡上。

▶▶▶初步救治

“远远地，我就看到她流了很多血，腿那儿血肉模糊的，好像刚刚被炸过一样。”小爱德华·艾伯特马上就投入到了救治中。

▼保持交谈以避免伤者昏迷

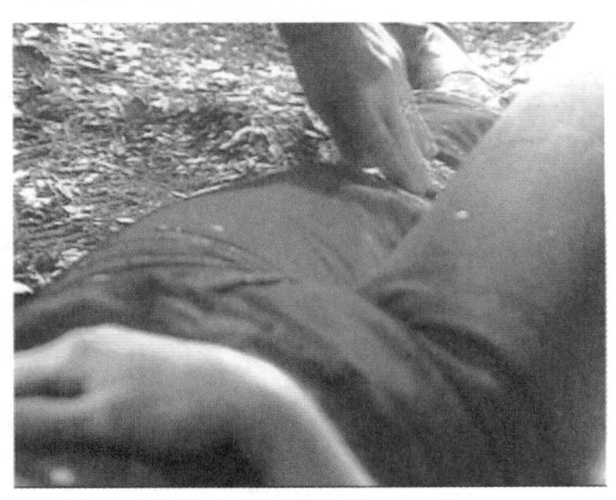

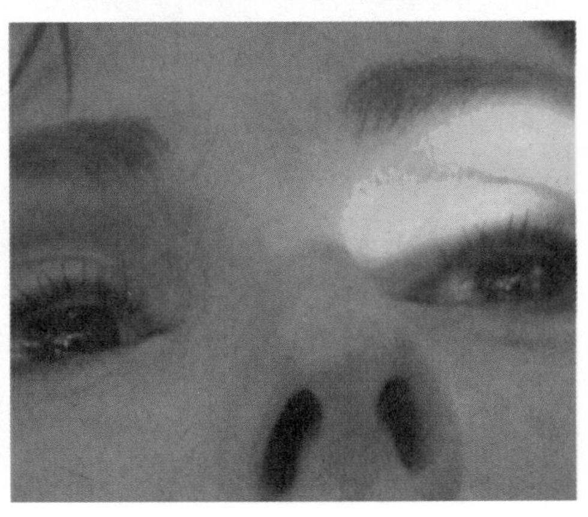

萨曼莎的动脉大量出血，当务之急是止血，止血才能保命。小爱德华·艾伯特就是这么做的。他一冲到萨曼莎的身边，便迅速用手按住了血流如注的伤口。多年后，当小爱德华·艾伯特回忆起当时的情景，似乎仍然沉浸在那个可怕的情景中一样。他第一时间实施了有效的救助，控制住了形势。

为了让萨曼莎尽量保持清醒，小爱德华·艾伯特一边用力压住伤口，一边不断地跟萨曼莎说话，他开始问一些问题，比如“你叫什么”之类，值得庆幸的是，萨曼莎头脑很清醒，她能口齿清晰地回答着小爱德华·艾伯特的问题，清楚地说出自己的名字：萨曼莎。

跟小爱德华·艾伯特一样，萨曼莎对当时的情景记忆非常深刻。她记得当时小爱德华·艾伯特问了自己一些问题，但萨曼莎却在想：自己好像在哪儿见过他。紧接着，萨曼莎想起上周在电视上看过的一部电影，没错，正在救自己的这个人，就是那部电影里面的演员。

小爱德华 · 艾伯特仍然保持着跟萨曼莎的对话，他尽量让自己保持着轻松的表情，然后语调轻松地要求萨曼莎尽量往后躺，放松，呼吸……萨曼莎听话地点头，目不转睛地盯着他。一看萨曼莎的眼神，小爱德华 · 艾伯特就知道萨曼莎一定在思索自己是谁。作为演员，小爱德华 · 艾伯特已经习惯被人那样盯着看了。现在，如果这样做能转移萨曼莎对伤痛的注意力，爱德华倒是很乐意任由她去想象。

爱德华的帮助使萨曼莎彻底放松下来，她长长地舒了一口气。多年以后，萨曼莎还清晰地记得自己当初的表情。她笑着回忆道，“呼——就像这样，长叹一口气。”她对自己说，现在好了，有人来救你了。

▼医护人员赶来

▶▶▶获救康复

“他们把我的腿拉直的那一刻，我疼得快昏过去了，那样一种疼痛，我再也不想经历了。”当医护人员对萨曼莎进行专业救治时，萨曼莎听到自己的腿发出“喀嚓”的响声。

▲紧急送往医院

小爱德华·艾伯特竭力避免让萨曼莎看到和想到自己的腿，他制造各种话题来转移她的注意力。

萨曼莎记得，小爱德华·艾伯特谈到了他的妻子，还有他女儿刚出生时的一些事情。因为失血过多，萨曼莎有段时间神志模糊，很想闭上眼睛休息一会儿，但小爱德华·艾伯特一直面带微笑，跟她保持交谈。疼痛和虚弱的感觉一直在困扰着萨曼莎，他们说过的那些话萨曼莎记不全了，不过，萨曼莎永远都会记得，小爱德华·艾伯特一直守在自己旁边，不让自己流血而死。对萨曼莎来说，她永远也不会忘记小爱德华·艾伯特对自己的帮助。

没过多久，泰·艾伯特就急匆匆地领着两名急救人员来到事发地点，医护人员迅速展开抢救。萨曼莎伤情比想象得严重，她的腿完全被切成两半，脚都弯到一边了。

伤腿被细心包扎起来，为了避免中途受到二次伤害，急救人员把萨曼莎固定在一个简易担架上，由两名医护人员抬着，小爱德华·艾伯特在旁边举着输液器，拿着一些医药用品协助。他们穿过峡谷，赶往医院。一路上，萨曼莎都仰面看着天空，与刚刚面临死亡的感觉完全不同，阳光透过树林间的缝隙洒下来，在萨曼莎眼中美得无法形容。

▸▸▸幸福生活

“有几年，我走路稍微有点瘸，后来做了很多恢复练习才痊愈。知道吗？现在我是舞蹈演员。”萨曼莎已经逐渐走出了创伤留下的阴影。

▼萨曼莎现在的身份是一名舞蹈演员

多年后，当萨曼莎与爱德华再次相聚时，萨曼莎仍旧骑在马上，小爱德华·艾伯特则轻轻抚摸着马微笑，一切看起来都是那么美好，那段可怕的经历似乎从来没有发生过。

萨曼莎毫不掩饰对爱德华的感激之情，在萨曼莎心里，爱德华简直就是从天而降的英雄，从头到尾，他都让萨曼莎感觉，自己一定会没事的，一切都会好起来。正是那样一种信念，让萨曼莎顺利渡过难关。

让人疑惑的是，那么重的伤对萨曼莎的影响真的一点不大吗？至少，她走路并不跛脚。

这一切归功于顽强的康复训练，更令人难以致信的是：萨曼莎现在的职业居然是舞蹈演员！

身体上的创伤很明显已经痊愈了，萨曼莎又开始骑马了。再一次骑上马背的时候，她的感觉好极了。不过后来萨曼莎还是不可避免地患上了人们常说的创伤后压力症——虽然骑上了马背，但是她的手还是会一直抖，担心会再发生那样的事情。很显然，以前的事还在困扰着她，还是会让她感到害怕。

那匹闯祸的马哈利怎么样了？它跑了吗？提起自己曾经的爱马，萨曼莎仍然是满脸笑意：是的，哈利闯祸后就跑了。最后萨曼莎把它留在了爱德华的农场。

▲萨曼莎又开始骑马了

现在，每一天，萨曼莎都怀着一种感恩的心情生活。她的笑容跟阳光一样灿烂。

如何应对？

骨折是我们最常见的意外伤害之一，正确的救助不仅可以有效帮助受伤者减少伤害，还能为伤者最大程度地争取抢救时间。内科医生塔尼娅·奥尔特曼说，如果有人意外骨折，在医护人员赶到之前，我们可以做很多事情来帮助伤者。如果你或你身边的人很不幸地与萨曼莎有类似的遭遇，牢记以下这些抢救方法，可能会给伤者带来意想不到的帮助：

A. 伤处出血，你该如何应对？

a．找出受伤的正确位置。首先伤者自己要观察伤口的情况，对受伤程度有个初步了解。萨曼莎在受伤后第一时间解开了靴子，看清楚自己的受伤情况，如果这个时候她还能动的话，可以为自己做些简易的抢救措施（事实上她也曾经试图这么做，不幸以失败告终）；即使不能采取自救，也能为他人救助提供正确引导。

b．尽快止血。要是看见有人流血了，一定要使劲压住伤口，尽最大可能帮他止血。如果压住出血点就能把血止住，那么可以用纱布、T恤等干净的布片紧紧压住出血的部位。

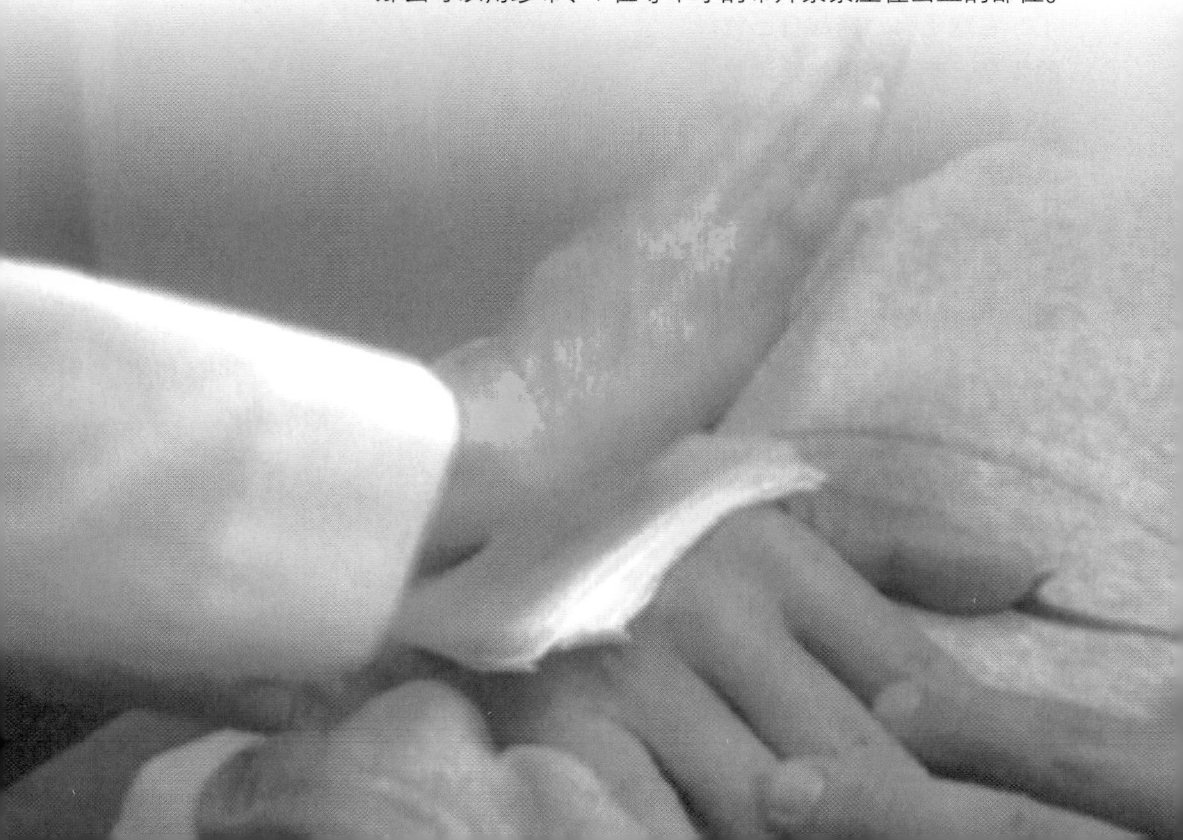

▼伤口流血时需用力按住

如果你手边没有任何工具，用手指或者手掌压住伤口也是个不错的选择。在这次事件中，小爱德华 · 艾伯特在匆忙的情况下没有带任何救助工具，他就是迅速用手压住伤口止血，这一做法无疑为萨曼莎赢得了宝贵的抢救时间。

c．尽量让伤者保持清醒。头脑清醒的伤者可以为救助提供伤处的情况，为抢救赢取时间，将伤害减少到最小程度。小爱德华 · 艾伯特一直设法与萨曼莎保持交谈，使萨曼莎可以在清醒的状态下等到医护人员的到来。

▼止血带至少5厘米宽

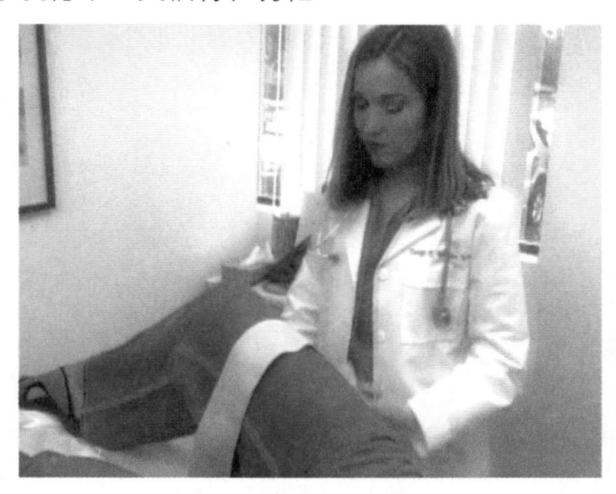

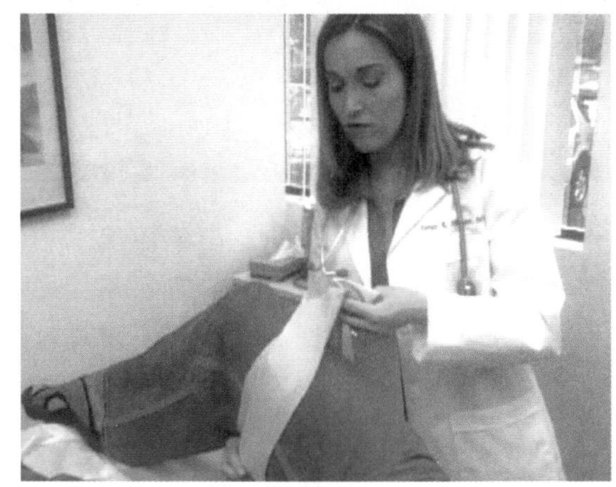

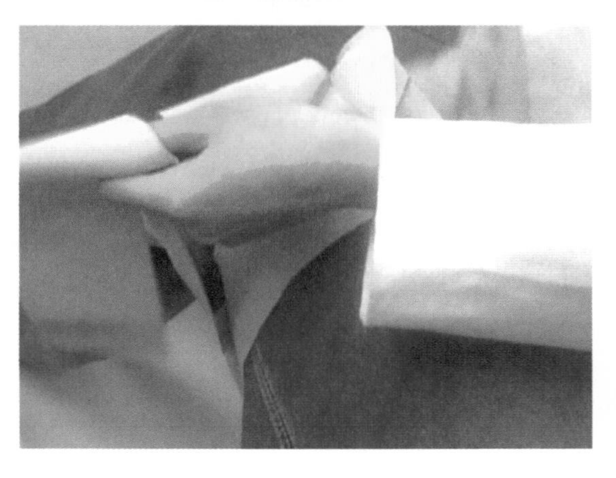

B. 伤处不能碰，你该如何应对?

a．要是有骨头露出来了或者受伤的部位不能碰，那就得采取别的措施。如果是腿部出血，就按住腹股沟附近。那里有一个地方，紧紧压住就可以阻止血液流向下半截腿。在上面这个事件中，如果小爱德华 · 艾伯特按住出血点仍然无法止血的话，他只能采取这种方法来抢救萨曼莎了。

b．稳定伤者情绪。无论受伤的情况有多严重，都应该尽量让伤者放松。不管什么情况下，看到自己的受伤状况，伤者的情绪都会或多或少受到

▲稳定伤者的情绪很关键

影响。小爱德华·艾伯特一直用一种很轻松的态度跟萨曼莎交流，并且尽可能不让萨曼莎看自己受伤的腿部。这种做法无疑对萨曼莎的情绪起到了很好的稳定作用。

c．在医护人员赶到之前，不要放弃救助。不管你所采取的措施能否对救助起决定性作用，你都不应该半途而废。小爱德华·艾伯特就是一直用手按压着萨曼莎的伤口部位，坚持等到医护人员的到来，这是萨曼莎最终成功获救的又一个重要原因。

C. 按压不起作用，你该如何应对?

a．采用止血带。如果直接按压不起作用，可以采用止血带的方法来控制伤者失血过多的情况。不过这只能作为最后的手段，因为止血带也会阻止血液流向其他身体部位。

b. 止血带应该有5厘米宽。任何5厘米宽的布条都可以当作止血带。比如5厘米宽的带子、围巾甚至腰带。在紧急情况下，只要满足这一条件的东西，都可以拿来使用。

c. 止血带不仅要有5厘米宽，还得足够长，能打一个死结。

d. 止血带必须系在伤口上部5～10厘米的地方。

e. 在医护人员赶到现场之前，止血带不能解开。

▲不要放弃援手，每一次援手都可能挽救一条生命

你知道吗？

正确的急救姿势

意外发生后，正确的急救可以为伤者减少痛苦，为下一步救治争取时间。你知道正确的急救姿势吗？如果你第一个出现在事故现场，应当怎么做？

受困深山

引言

在寒冷的天气中，你外出滑雪时，雪上摩托车撞毁，你被困在大山里。周围冰天雪地，几千米内都没有人烟，你没有水也没有食物，周围无处求助。这时，你该如何应对？

外出滑雪游玩也可能会遇到各种情况，还可能会有生命危险。在远离人烟、与世隔绝的冰天雪地里，你应该为每种可能遇到的危险做足准备。苏珊妮和丈夫吉姆就是因为一时兴起外出滑雪，结果差点被冻饿而死。

▶▶▶出行遇阻

“我们很兴奋，尽情地放松，你追我赶，在雪地上我们只想着能开到哪儿，能开多快，以及怎样才能更快地从山上冲下来。”苏珊妮和丈夫吉姆尽情享受着在雪野上飞驰带来的乐趣。

一场新雪过后，天空一碧千里，目之所及，到处都是一片雪白：错落有致的树木、连绵起伏的群山、一望无际的原野，一切都被皑皑白雪覆盖着，在阳光的照耀下，美丽纯净得好像童话世界。这种美景勾起了苏珊妮和丈夫吉姆出游的欲望。把女儿交给保姆之后，他们去了博伊西国家公园的飞行山，开始了他们的雪上之旅。

苏珊妮和吉姆驾驶着雪上摩托车，在无垠的雪野上飞驰。茫茫的原野静谧无比，只有他们两个人把摩托车开得飞快。摩托车风驰电掣地在树林间穿越而过，苏珊妮看到一排排树木急速地向身后退去，忍不住兴奋地大叫起来。

回忆当时的情形，苏珊妮似乎又回到了那种亢奋的情绪当中。记得当时和丈夫都很兴奋，开着摩托车你追我赶，在雪地上尽情追逐着。他们只想着能开到哪儿，能开多快，以及怎样才能更快地从山上冲下来。

乐极生悲，这话一点儿没错。沉浸在兴奋中的苏珊妮没想到自己的雪上摩托车会出状况。丈夫吉姆能清晰记得事件的起因，因为当时的空气很潮湿，雪花也略微有些粘，结果导致最雪粘住了苏珊妮的摩托车履带。苏珊妮和吉姆当时并没有预料到，这个小小的麻烦差点给他们带来致命的后果。

▲兴致勃勃的苏珊妮和吉姆

摩托车无法正常行驶了，苏珊妮摘下头盔，问吉姆有什么计划，吉姆指着前面，提议继续朝山下走，让其他的车把他们拉回去。苏珊妮同意了，然后她重新戴上头盔，慢慢发动摩托车，吉姆也开动了摩托车，他们开始按计划行动。

▶▶▶撞车受伤

“我的车失控了，撞上了一棵树。”在摩托车无法正

常行驶后，麻烦又一次降临，苏珊妮在车祸中受了伤。

摩托车出了状况后，苏珊妮只能缓慢行驶，慢到花了几个小时才从一条沟里开出去。然后，麻烦又来了。当苏珊妮准备下一个山坡时，摩托车居然失控了。苏珊妮无法控制，它直直地向下冲去，径直撞上了一棵树。摩托车倒了下来，而苏珊妮也从车上一头栽下来，重重地掉在雪地里。雪很厚，苏珊妮整个身子摔在雪里，几乎被雪埋住。

吉姆紧跟在苏珊妮后面，他看到情形不对，赶紧下车，踏着深深的雪走向妻子，中间还摔了一大跤。雪太深了，要从雪中爬起来也显得那么艰难。吉姆顾不上自己，急切地问苏珊妮是否还好。苏珊妮爬起来，尽量用轻松的语气回答说自己没事。然后，她动了动膝盖和脚踝，虽然受了伤，但还不算什么大事。

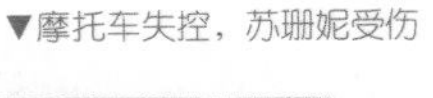
▼摩托车失控，苏珊妮受伤

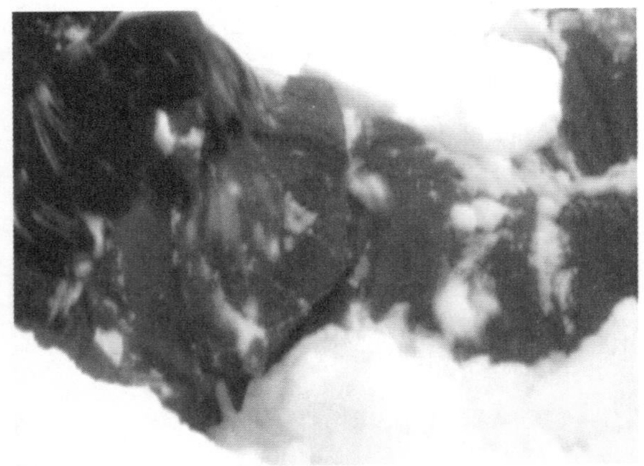

苏珊妮关心的是下一步他们应该怎么办，吉姆观察地形后发现，没有能离开的路，还得往前走。苏珊妮无奈地摇头，没办法，只好往前走吧。

苏珊妮的雪上摩托车已经无法修复。这时候太阳已经慢慢下山了，雪地上的落日很美，从林中望去，天空是一片绚丽的色彩。但苏珊妮无心欣赏美

▲摩托车无法修复

景，夜幕降临了，继续往前走非常危险，但他们别无选择。苏珊妮的腿上有伤，每一步都走得很艰难，吉姆不得不每走几步就回过身来拉她一把。两人互相扶持着，深一脚浅一脚地在厚厚的积雪中艰难前行。

▶▶▶雪中过夜

“天黑了，我们意识到晚上我们无法离开这里，因为我们对这里的地形非常不熟悉。我们又湿又冷，于是决定马上动手挖一个雪洞，准备过夜。”没什么野外生存经验的苏珊妮从来没想过，自己有一天会在雪地中过夜。

天渐渐暗了下来，苏珊妮和吉姆都意识到，晚上他们将无法离开雪地，因为他们对这里的地形非常不熟悉。

这时的苏珊妮和吉姆又湿又冷，为了避寒，他们决定马上动手挖一个雪洞，在里面过夜。

幸好，他们随身带着小锯和点火器等工具，于是开始分工协作：吉姆负责砍木头，苏珊妮的任务是搭棚子御寒，此时，求生的本能是他们唯一的精神支柱。山上不缺少树木，因此取暖的材料根本不用担心。唯一麻烦的是小锯每次只能从树上锯下一些小树枝。吉姆很有耐心的一根根锯着，慢慢收集到了一小堆树枝，生火的材料准备好了。苏珊妮则用一把小铲子在雪中费力地挖着雪洞，作为晚上的休息地点。

▼分工合作，一人砍木头一人搭棚子

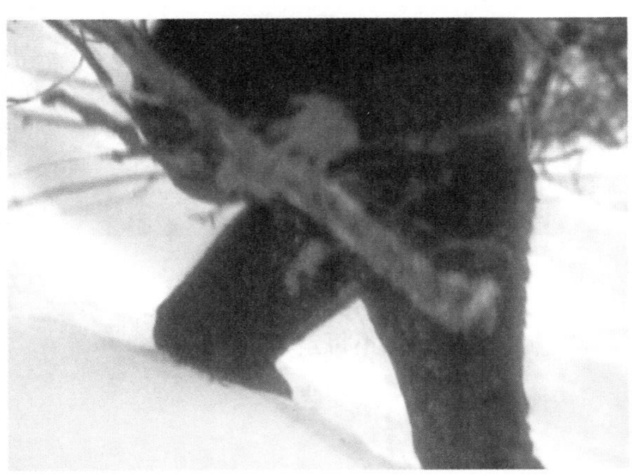

雪洞挖好了。虽然很狭窄，但两个人可以并排坐着挤在里面，洞口有燃烧的树枝可以取暖，这样至少可以保证他们晚上不会被冻伤。吉姆靠在苏珊妮的肩上沉沉睡去，苏珊妮则睡意全无，她盯着熊熊燃烧的火焰，愁容满面。

在此之前，苏珊妮和吉姆并没有多少登山的经验。他们以前从没挖过雪洞，只是和孩子在雪里玩过，从没想过有一天真要在雪地里过夜。

为了以防万一，他们把随身带的食物分成几份，这样可以有计划地保留食物。那一天，他们只吃了一点东西，喝了一点水，以保持身体的热量。那天很冷，苏珊妮回忆起那晚的酷寒，还能清晰地记得自己冻得浑身发抖的样子。

与外界完全隔绝的时候，苏珊妮想到了女儿。女儿可爱的脸庞出现在苏珊妮脑海中，她那调皮的神情仿佛就在苏珊妮面前。苏珊妮有些伤感，她低头看看已经熟睡的丈夫，陷入了深深的忧虑中。她不知道，父母都不在家，8 岁的孩子会想什么，她会不会像自己思念她一样，也在思念自己呢？孩子不像大人，可能会闹情绪，一想到这些，苏珊妮就感到非常不安。

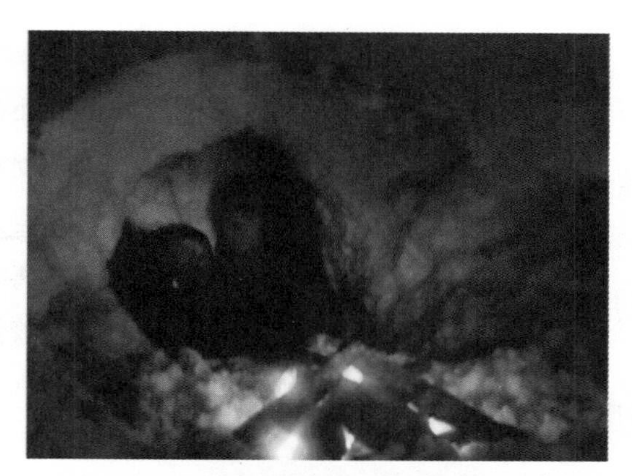

▲苏珊妮忧心忡忡无法入睡

►►►濒临绝境

“这时我们的食物和水都用完了。身体也疲惫到了极点，甚至累得不知道饿了。我心情很烦躁，想发火，很沮丧。”苏珊妮的心情低落到了极点，他们已经弹尽粮绝，不知道还能撑多久。

第二天醒来后，他们分析了一下自己的处境：还有一个能用的雪地摩托车，但它解决不了问题。因为这样的摩托车无法负担两个人——两个人都上去就会超重，所以只能一个人骑车，另一个人步行。他们也曾一齐坐到摩托车上，努力想使机器工作起来，但是那非常困难。最后吉姆决定让苏珊妮骑摩托，自己步行。雪很厚，每走一步，吉姆都会深深地陷入雪中，然后要努力把脚拔出来，才能迈动下一步。

更糟糕的情况还在后面：剩下这唯一的一辆摩托车也开始闹毛病。苏珊妮和吉姆为它努力奋战了5个多小时，可让人生气的是，那个机器还是彻底完了。吉姆换了传送带，又紧了离合器，但是它仍然不能工作。看着报废的摩托车，看着仍在忙着对付摩托车的丈夫，苏珊妮又一次陷入绝望中，她问吉姆，现在，他们该怎么办？

吉姆抬头看看天空，雪还在下，而且越下越大。在这种情况下，看来没有什么更好的办法，他们可能要在雪地中再过一晚了。这时他们都很累了，天晚了，苏珊妮知道今晚又走不出去了。他们又要挖一个雪洞，还要生火。一切都是昨晚的重复，可与第一天相比，情况显然更加不妙。

月亮又圆又大，静静地挂在半空，月光下的雪洞看起来更加冰冷。这时他们的食物和水都用完了，身体也疲惫到了极点，甚至累得不知道饿了。苏珊妮心情烦躁，很想发火，虽然生火以后暖和了一点，但他们没说话也

▼唯一的一辆摩托车也停止了工作

睡不着觉。两个人无力地靠在雪洞冰凉的雪壁上，只觉得心灰意冷。

►►►寻找出路

“在七十多厘米的雪中行走，你的腿就像灌了铅似的。大家知道，在雪地里走，你的腿必须抬得很高，这样你才能往下踩。”苏珊妮和吉姆费力地在雪地中前行，他们必须赶往11千米外的汽车站，在那里，他们将会得到救助。

第三天，吉姆和苏珊妮想他们大约距离汽车有11千米远。

▼雪深没膝，艰难跋涉

雪太厚了，差不多及腰深，吉姆每一次把脚落下去，雪都会直接没过他的大腿。苏珊妮已经根本直不起腰来，她用手扶着雪地，几乎每一步都是在爬行。吉姆当然知道妻子已经疲惫不堪，他关切地问苏珊妮感觉怎么样，苏珊妮无力地回答说，太累了，觉得自己的腿就像果子冻一样，僵硬而沉重。吉姆深深理解妻子，此时他完全是一样的感受。

苏珊妮和吉姆就这样艰难地一步步往前挪动。突然，吉姆发现一架飞机从天空飞过。他兴奋地指着飞机让妻子看："看，飞机，嘿！快点。嘿！我们在这儿。嘿！在这儿。"他激动地大声叫起来。

苏珊妮抬头向上看去，蓝蓝的天空中，一架飞机正在不远处盘旋。她也兴奋起来，跟着吉姆一起大叫。两个人使劲挥动着手臂，用一切办法吸引飞机的注意。他们甚至开始计划着获救后要干什么。但是飞机只是盘旋了两圈，就从他们头上飞过去，离开了。苏珊妮感觉飞机曾经离他们那样近，可现在却又那么遥远。她喊了声"天啊"，然后就无力地瘫倒在雪地上，吉姆也失望地坐了下来。

▼大声喊叫吸引飞机的注意

苏珊妮回忆起当时自己绝望的心情，忍不住再次哽咽起来。她当时想着，只要自己能回去，她愿意失去手指或脚趾。可是，飞机飞走了，她的希望又一次破灭了。

▸▸▸安全回家

"听见有人在叫我们，我一下子坐在雪地上开始大哭起来，我知道有人发现了我们，我知道我们可以回家了，我要感谢上帝。"经过几天的坚持，苏珊妮和吉姆终于等到了救援人员，他们终于可以安全返回了。

到了第四天，他们似乎看见

有什么东西出现在路上，但苏珊妮觉得自己已经没有力气走过去了。她感觉自己的腿不那么灵便了，胳膊非常疼，全身异常地疲惫，她只能对吉姆说，自己不能向前走了，她走不动了。

听到苏珊妮无力地呼唤，吉姆转过身，鼓励妻子说，她现在不能停在这里。他用绳子绑住苏珊妮的手腕，然后自己拽着绳子，拉着苏珊妮一步步往山上走。

苏珊妮已经累得不行了，她一再跟吉姆说，自己不行了，走不动了。但吉姆一直鼓励她说，你行，你能做到。吉姆知道，自己不会让苏珊妮留在这儿，他不会抛下她不管。此时，吉姆的角色就是要照顾和安慰苏珊妮，这是作为一个丈夫应该做的。他们要一起离开这儿，他们要共同到达山顶。尽管已经筋疲力尽，但苏珊妮还是靠着吉姆的鼓励，坚持下去。一路上，吉姆在前面开路，苏珊妮沿着他的脚印前进。每当苏珊妮快要支撑不住的时候，吉姆就扶着她的肩膀，半背半拖着她，一同向上爬。

▼吉姆用绳子绑住苏珊妮的手腕，拖着无力的她向前走

回忆往事，苏珊妮知道，如果不是吉姆拉着自己，她就不会活到今天。随后他们进行了 6 个小时的跋涉，吉姆一直在鼓励妻子。吉姆告诉苏珊妮，一定要用她全部的精力来想着如何生存，脚步要不断向前，要摆脱困境，最终回到家。多年以后，苏珊妮仍能清晰地记起吉姆当时说过的每一句话。

事实上，这个时候，搜寻队已经出发了，而正好是在这天下午，救援队员发现了他们。当时他们正吃力地爬过小山，突然苏珊妮听到了雪橇声。吉姆问她："听见了吗？哦看，快看，嘿！"他们看到了前面的救援人员。吉姆放开苏珊妮，兴奋地向前跑了两步，冲着前边的人开始大声呼喊。紧接着，就听见有人在叫他们。苏珊妮想微笑，但她却一下子坐在雪地上开始大哭起来。她知道有人发现了他们，她知道他们可以回家了。苏珊妮开始不停地感谢上帝。

一名救援人员驾驶着雪上摩托急驰而来，在一片雪白的原野上，他那火红的衣服看起来是那么温暖。他看到吉姆和苏珊妮，赶紧下车快步跑过来，紧紧地扶住吉姆，然后去搀扶正在努力往起站的苏珊妮，关切地询问他们的情况："你们怎么样？受伤了吗？"吉姆回答着：

▼搜救人员出现

◀▶ 喜极而泣、安全回家

“我们还好”，而苏珊妮已经不会回答他的问题了，她挣扎着站起来，给了救援人员一个感激的拥抱。“我们一直在找你们。”救援人员边说边安慰地拍拍他们的肩膀，苏珊妮终于完全放下心来，她知道，他们终于安全了。

▶▶▶平静生活

“这次经历一直让我和我妻子难以忘怀，我们是患过难的夫妻了，它让我们更加亲密，更加相互信赖。”经过这次磨难，吉姆和苏珊妮更加珍惜对方，珍惜平静的生活。

这次经历让吉姆和苏珊妮难以忘怀，吉姆真切地感受到，他和苏珊妮是患过难的夫妻了，这种经历让他们更加亲密，更加相互信赖。现在的吉姆和苏珊妮的感情更加深厚了，苏珊妮常常会挽起吉姆的手臂，在宁静的小路上一起散步，每当这个时候，她都对吉姆充满了感激。她知道，当初如果不是共同

▼生活就是平淡的喜乐

努力，他们可能都会死在那儿。

现在，苏珊妮又可以在自己那干净的厨房里为家人煮美味的食物了。当她把美食端给亲爱的女儿，看着她享受的样子时，苏珊妮脸上全是满足和慈爱。她常常会想到那个可怕的雪夜，想到在雪洞中思念女儿的情形。那时她满心恐惧地担心着那可能是跟女儿的诀别。可现在她活下来了，跟以前一样幸福，甚至更幸福。这使她对生活满怀感激。

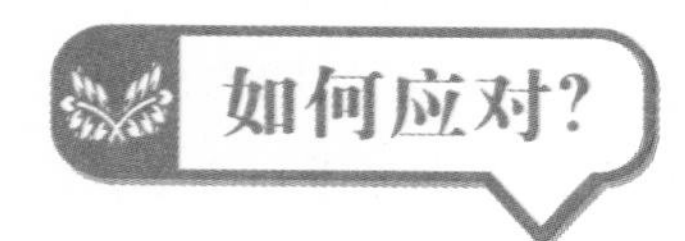

在荒无人烟的雪地上求生比在平原地带有更多的困难。你要想使自己安全脱险，就必须在出行前考虑周全，尽可能地做到万无一失。如果你很不幸地遭遇到与苏珊妮和吉姆类似的情况，你需要牢记以下这些生存法则：

▼出发前做好安全检查

A. 雪上旅行，你该如何应对?

a. 准备足够的食物和饮用水。不管你出行的日期长短，你都应该为自己准备足够的补给品，这样万一遭遇危险，你可以保证自己有足够的体力应对。苏珊妮和吉姆在这次旅行中显然准备不足，他们的食物只帮助他们度过了两天的时间，在其余的时间里，他们不得不忍受饥饿的折磨。

b．检查好你的出行工具。不管你以什么方式出行，是开汽车还是开雪上摩托车，都应该在出发前做好安全检查，以免它们给你带来不必要的麻烦。苏珊妮他们这次事件的起因是雪上摩托出了问题，而且是两辆摩托车全部出现了问题。如果在出行前他们就做好检查、排除隐患的话，这次事故完全可以避免。

c.准备好野外求生的基本工具。你最应该带上这个东西——跳簧切冰器，它是可以切掉雪和冰的小铲。拧开切冰器的手柄，猜猜里头还有什么？你可以看到手柄中还带有一套点火工具，有火柴和打火石。花不到15美元你能在任何一家野营用品店买到。如果在事故刚刚发生时，吉姆或者苏珊妮有这个东西，他们就可以清理掉摩托车上的积雪，就可以避免以后的更大麻烦。不过幸好他们带了小锯子和打火器，才使他们在几天的时间内没有被冻死。

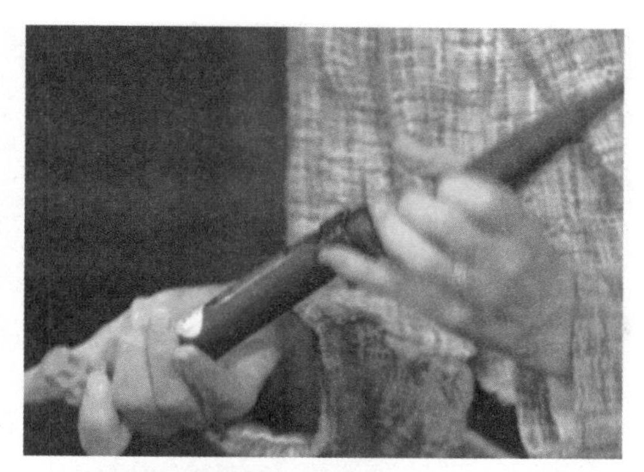

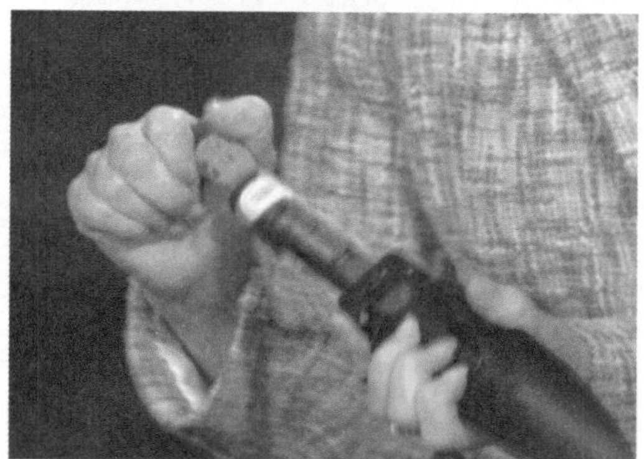

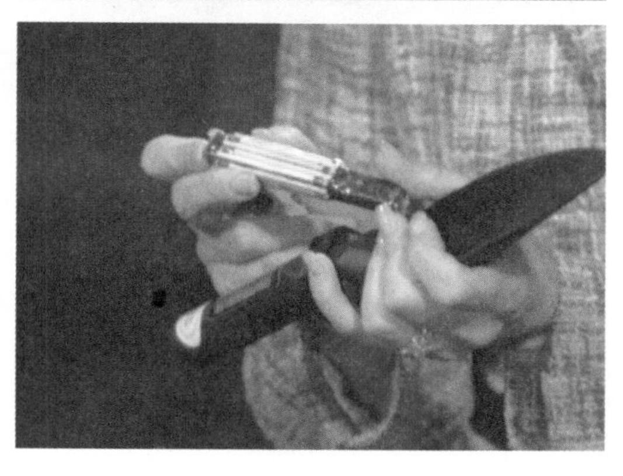

▲跳簧切冰器不仅可以切冰还带有点火工具

d．把你的行程备案，带好通讯工具。你应该把你的出行路线和回归日期等基本情况告诉家人、朋友或者相关人员。这样在你逾期不归时，他们会及时搜救，为你脱险提供帮助。苏珊妮他们最终也是借助救援人员，才得已顺利脱险。同时，你出行时，最好带上一些必要的通讯工具，比如手机、对讲机等。当遇到危险时，它们

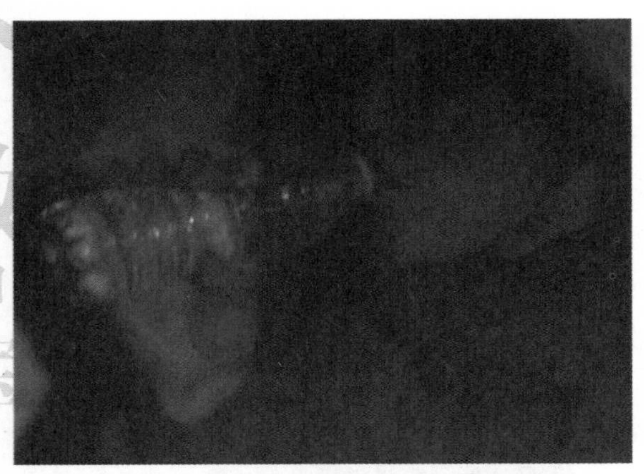

▲尽可能进食

可以帮助你尽快与外界取得联系，缩短救援时间。

B. 在雪地过夜，你该如何应对?

a. 找到保暖的住处。这个住处可以是任何可以躲避风雪的地方，帐篷、小棚子甚至是雪洞。苏珊妮他们可以安全度过寒冷的雪夜，最重要的就是他们有个避风的雪洞。虽然不是太专业，但至少这个雪洞为他们暂时挡住了外界的寒冷，并为他们提供了休息场所。使他们经过休息恢复元气之后有足够的精力应付接下来的挑战。

b. 设法生火取暖。雪地过夜的最大敌人就是寒冷。在野外，你随处可以找到可以取暖的东西——野草、枯树枝，甚至是你带的纸张，都可以用作取暖的材料。保持体温才能保证你的生命，苏珊妮和吉姆每晚都会生火取暖，这是他们可以安全脱险的重要原因之一。

c. 保证进食。哪怕只是少量的食物和水，你也一定要吃下去。摄取食物是维持生命的重要手段，在野外，你一定要设法找到食物和水，如果条件允许，尽量进熟食和热的食物，这会为你的生存提供有力保障。苏珊妮和吉姆的食物不多，这为他们以后的行程造成了很大的困难。

C. 长期受困，你该如何应对?

a. 制定脱险计划。如果短时间内无法求救，你需要做好长期计划，如制定行走的方向路线、把食物分成几等份、有计划地行走和进食等等。这可以使你减少不必要的消耗，尽快脱险。苏珊妮夫妇就是这样做的，他们计划走到车站求救，并把食物分成几等份。有了方向，求救会变得更有计划性。

b．设法让救援人员注意到你。在没有通讯设备的情况下，雪地里最鲜明的颜色就是红色，你可以通过生火、摆动颜色鲜艳的衣物等方式让救援人员发现你。苏珊妮他们就因为目标不明显，白白错过了飞机救援的机会。

c．要有强烈的求生愿望。记住，只有当你想着自己肯定能脱险的时候，你才有可能会真的安全。永远不要放弃希望。苏珊妮的丈夫做得非常好，他不但给了自己信心，更是鼓励着妻子跟自己一起安全回家。只有对生活和生命的热爱，才能使你创造原本不可能的奇迹。所以，一定要相信自己，你一定能行！

▼生火不仅可取暖，还是求救信号

沙漠求生

引言

你在沙漠徒步旅行时失足坠落，身受重伤，处境危急。你所处的位置极为偏僻，救援遥不可及，你该如何应对？

越来越多的人喜欢在沙漠中徒步旅行，但沙漠中可能会遇到的意外很多，你需要时时未雨绸缪，马文的经历就告诉了我们这点。马文和儿子在沙漠中分道而行，计划到指定地点会合，结果马文迟迟未到，一场兴趣盎然的户外活动转眼变成了意想不到的灾难……

▶▶▶分路前进

“我们带的水和食物一直都是儿子拿着，我猜他可能是想让我轻松一些，所以我没带任何东西，身上只穿着T恤和牛仔裤，然后我们就分手了。”在一个岔路口，马文和儿子决定分头前进。

60岁的马文和16岁的儿子马可都喜欢徒步旅行，他们常常会一同外出，这也是他们加强父子关系的重要纽带。徒步穿越沙漠是他们的下一个行动目标。

一天早上，马文醒来之后看到天气不错，这让他很高兴，因为他早就和儿子约好一起去远足，今天的天气太适合了。马可当然理解父亲的心情，他知道父亲很早就开始期待这次行动，只不过直到这天才算万事俱备。事实上，马可同父亲一样，对这次旅行充满期待。后来，父子俩回忆这次出行时，都面带微笑，那次旅行对他们来说，意义真是非同一般。

马可背着旅行包，马文拿出地图，他们迅速制定好出行路线，开始在空旷的沙漠中行走。天空高远，沙漠无边，随处可见连绵的高山丘陵和不规则分布的植被，这些典型的沙漠风景加上难得的好天气，让父子俩心旷神怡。不知不觉间，他们已经走了两三个小时，在9千米左右的行程处，一个岔路口出现在面前。

▲马可同父亲一样，对旅行充满期待

马文和儿子停下来。他们看到两条小路分别通向不同的方向，中间被一些植被分开。这个小问题对经常远足的父子俩来说，自然不是什么难已解决的事。他们拿出地图研究路线，认为两条小路最终将会合到一起。

年轻人总是乐于尝试新鲜的事物。马可心里当时就冒出一个“两人分路前进”的念头。对他来说，路途根本算不了什么，更何况可以尝试到不同的东西，这才是马可最感兴趣的。他觉得他和父亲也许会在半路会合，也许是在巴克戴姆，总之，根本不会出问题，而单独行动又有一种探索未知的、神秘的吸引力。

于是马可和父亲商量两人的行走路线，他指着两条看起来平淡无奇的小路，信心满满地发表着自己的高见。马文仔细看着地图，四下观察地形，然后看到儿子跃跃欲试的兴奋神情，便欣然点头同意。跟儿子在一起，马文感觉自己也浑身充满了活力。

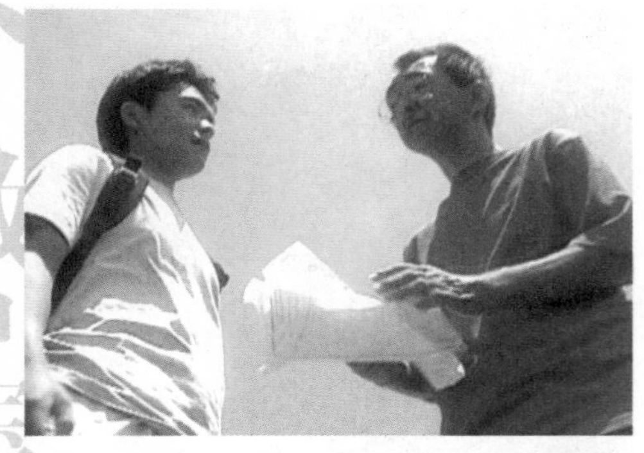

▲两人研究岔路方向，决定分头前进

随后马文收起地图，开始帮儿子收拾东西。他们出行时带的水和食物一直都是儿子马可背着，马文猜儿子一定是想让自己轻松一些，这让他很欣慰。所以在分头行动时，马文仍是没带任何东西，身上只穿着T恤和牛仔裤，然后他们就分手了。

当马文把水果和食物往背包里放的时候，他根本没想过自己在之后的经历中可能会用到这些东西。他把地图递到儿子手里，微笑着跟儿子道别："一会儿见。"马可更不可能想到，这一句平常的告别语，竟然差点成了自己和父亲最后的交谈。马可微笑着接过地图，平静地回应着父亲："好的。"然后，父子俩分头而去。

▸▸▸迷路受伤

"我想我那一跳显然是高估自己的能力了。接下来，我就不省人事了。"马文失足坠落在陡峭的岩石缝隙中，伤势严重，情况危急。

马文和儿子马可一人选择了一条小路，然后各自朝着一个方向走。两个人都是一刻不停地往前走，但马文很快就迷失了方向。

最初马文一直沿着小路行走，但没过多久，他就发现周围都是石头。现在，别说小路，他连自己在哪儿都弄不清楚了。于是，他决定爬到山顶。马文认为这样他就能分辨出方向，说不定还能看到停车的位置。在停下来稍作休息并观察了地形之后，马文气喘吁吁地沿着陡峭的岩石往上爬去。

当马文还在四处寻找返回的路径时，马可却走得很顺利，只用 20 分钟就走到了小路的尽头。当他走到汽车旁边，发现父亲并没有像自己一样顺利到达时，有点无措。马可不知道接下来该怎么办，最后他决定就站在他选择的那条小路的尽头等着跟父亲会合。

此时马文还在石头中间转来转去。路似乎越来越难走了，岩石陡峭，好多石头的坡度很大，而且很光滑，行走变得非常困难。他当时也想到要返回去，但是又想，小路肯定会通向某个地方，它不可能凭空消失，应该再找找看。就这样，马文的一念之差，导致他一直在巨石堆里打转。

石头似乎越来越多，他只能不停地从一块石头跳到另一块石头，马文所处的位置也越来越高。当他又遇到一块陡峭的岩石时，急于赶路的马文又像之前一样，决定跳过去继续前行。可是这一次，马文的奋力一跳显然是高估自己的能力——他直直地从岩石中间掉了下去。马文疼得大叫了一声，接下来，就不省人事了。

▼马可选择的路是一座石头山

▲被一块陡峭的岩石绊倒，掉下山崖

事实上这一跌，使马文的头部出现了严重脑震荡，他的生命面临巨大危险，但昏迷中的马文显然对自己糟糕的状况一无所知。

当马文醒过来时，凭直觉他知道自己的头部受伤了，因为他往下看时，发现自己的T恤上全是血，裤子上也有许多血。他知道，自己看来情况不妙。除此之外，这一跳还使他跌伤了右脚。马文很清楚这点，他感觉到自己的脚也出了问题，因为他根本连站都站不住。

现在，马文浑身上下伤痕累累。手蹭破了，耳朵也碰破了，他挣扎着想坐起来，但疼痛使他再一次倒下了。马文抬头向上望去，可以看到高高的天空，而令他沮丧的是，自己掉在了岩石的裂缝里。马文扶着两边的石壁，试着往起站，但他的尝试很显然是徒劳的。马文四下里看看两边的崖壁试图寻找逃生路径，但岩石的裂缝几乎是直上直下的，本来就很难爬上去，更何况，此时的他身受重伤。

►►►等待救援

“大多数时候我都处于昏迷状态，根本感觉不到身上和脚上的疼痛。我最担心的是我的孩子会出事，我害怕他会为我担心。我希望他能保持冷静，并且能够找人来帮我。”身受重伤的马文除了寄希望于儿子的救援，别无他法。

与此同时，马可正在会合的地点焦急地等待着父亲归来，并且已经在那儿等了很长时间。他迟疑不决的是，应该去找父亲，还是在原地等候。焦急不安的马可不停地走来走去，最后只能他坐在汽车旁继续等。他不时地抬起手臂来看表，感觉时间过得太慢了。

▲马可焦急地在会合地等待着

眼看着太阳慢慢下山，天色渐渐暗了下来，马可开始紧张起来。他本来还在猜想父亲可能是迷路了，所以他不停地问回来的人，是否在途中看见自己的父亲。看着路人一次次地摇头，他觉得，自己是时候应该采取点儿行动了。于是，马可借用了路人的手机，给巡逻员打电话报告了自己父亲的情况。

这时，身处岩石裂缝中的马文已经处于半昏迷状态。疼痛和寒冷使衣衫单薄的他不住地颤抖，不由地用双手紧紧抱住肩膀，希望这样可以暖和一点。马文最担心的不是自己，而是马可，他担心自己的孩子会出事，他害怕马可会为自己担心。马文希望马可能保持冷静，并且能够找人来帮自己。

马可一如父亲所希望的，他及时求助了——向公园巡逻员描述了父亲的离开时间和可能会遇到的状况。公园巡逻员闻讯后迅速做出反应，救援人员开始赶往出事地点，他们拿着手电，连夜在沙漠里展开搜救。

▸▸▸紧急搜救

“我以为再也见不到爸爸了，我们分手的地点居然成了永别的地方。”三天过去了，马文仍然生死未卜，音信

全无。马可开始绝望了。

搜救人员经过一夜的寻找并没有发现马文。新的一天又开始了。太阳跃出云层，沙漠上空的云朵被阳光渲染得美不胜收，但是此刻的马可根本无心欣赏沙漠日出的美景。搜救进行到第二天，马可觉得父亲肯定受伤了，因为如果没出意外的话，他应该已经被找到了。

▼搜救工作不分昼夜进行着

经过一天的仔细搜索，马文始终不见踪影。太阳又一次下山，月亮静静地升上半空，夜幕降临，一天又过去了。马可睡在汽车里，希望能最先听到父亲的消息。可等待他的，仍然是失望。

冒着白天的酷热和夜晚的严寒，搜救人员不分昼夜地寻找着马文。可是三天过去了，搜索仍然毫无进展。气温已经降到了零下，没有御寒物品的马文生还的可能性越来越小。

马可度日如年。到第三天的时候，他感觉情况已经变得非常不妙，因为在过去的时间里，父亲几乎是水米未进，又没有御寒物品。马可忍不住开始怀疑，父亲是否还活着。

救援力量开始加强，搜救人员甚至出动了直升机。飞机开始在沙漠上空不停地盘旋，希望可以找到马文。

►►►成功获救

“我真的非常感激那些救援人员。那些救我的人干得真不错。正是他们把我从鬼门关救了回来。”历经四天的艰难搜救，生命垂危的马文终于被发现了。

昏迷中的马文听到头顶传来直升机的声音，他估计这是救援人员在寻找自己。马文强迫自己清醒起来，然后强忍着疼痛，艰难地脱下T恤衫，再尽力把T恤衫举高，不停地朝直升机挥舞，他希望救援人员可以看到自己的求救信号。但是飞机根本看不到马文，因为距离他所处的那个裂缝实在太远了，眼看着飞机隆隆地飞走，马文又一次陷入绝望中。

在马文忍受伤痛折磨的同时，他的儿子马可正在忍受着心痛的折磨。马可真的无法想象，没有父亲的生活会是什么样子，自己应该怎么生活。这些念头一直在纠缠着马可，让他身心俱疲。

▼对苦苦坚守的马文来说，搜救人员的声音悠扬如天籁

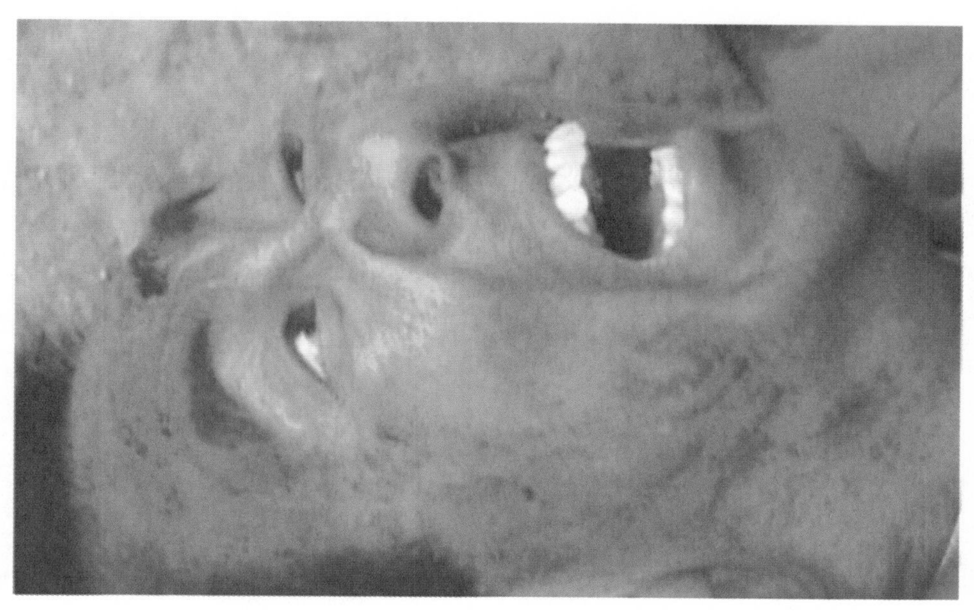

▲合力将马文救出

转机终于出现了，第四天下午6点，救援人员终于来到了马文坠落的地点。

意识已经模糊的马文听到一个救援人员说，从来没有60岁的老人能爬到上面，因为这地方实在太陡峭了。不过搜救人员中有位女士并没死心，坚持着开始呼喊马文的名字。

“马文！”这声音对马文来说，简单像上帝的福音一样美妙。“我在这儿。”马文挣扎着用微弱的声音回应着。很显然，听到马文的声音后，那名救援的女士似乎不敢相信这是真的，所以，她又喊了一次马文的名字：“马文！”马文用尽全身的力量，尽量让自己的声音听起来清晰：“我在这儿！”这次，那名女士听清楚了，不一会儿，她就找到了马文所在的位置。

救援人员打开手电，看到了岩石裂缝中奄奄一息的马文。马文的精神看起来还不错，他甚至因为太过喜悦，情不自禁地露出微笑。救援人员立刻放下绳索和救援设备，随即下到裂缝中，为他进行了简单包扎，然后众人合力把马文从裂缝中拉上来，再与直升机联系，马文得救了。

获救的马文感激地微笑着，他非常感谢那些可爱的救援人员，他们没有放弃任何一个自己可能到达的地点。

▶▶▶恢复平静

“我担心他的脚可能会无法痊愈，不过有他在我身边，这些我并不在乎。”经过这次事件，马可更加珍惜自己和父亲在一起的时间，父子俩的感情更深了。

马文获救之后被迅速送往附近医院接受治疗。他的脚骨折了，脊椎断裂，肾脏因严重脱水开始衰竭。现在，他仍然处于恢复阶段。

现在经历了生死劫难的马文心情已经恢复了平静，他已经能够像往常一样，静静地在家中修剪花木，享受生活。马文的脚还没有完全恢复，走路还需要带着恢复用的保护用具，但他根本就不想闲下来，仍然会跟儿子一起外出散步。和儿子并肩走在路上，扶着已经逐渐成熟起来的儿子的肩膀，马文感觉到由衷的幸福。

▼朝夕相对的幸福

和马文一样，有父亲陪伴的马可也在享受着亲情的温暖。虽然马可也会担心父亲的脚可能会无法痊愈，不过有父亲在自己身边，这些事情马可并不在乎。他终于又可以跟父亲一起行走，一起在家中拿起工具修剪花木，打理自己的家，只要和父亲在一起，马可会幸福地微笑，马文显然也一样。

在鬼门关上走过一遭的马文变得更加坚强，也更加珍惜生命和健康。他知道，因为自己热爱生命，热爱生活，热爱着自己的儿子，所以，不管再遇到什么危险情况，都必须克服困难，继续往前走。

沙漠中的环境和天气比平原地区更为复杂，因此如果选择在沙漠旅行，你就必须要考虑周全，尽可能做到有备无患。如果你很不幸与马文一样，遭遇到迷路受伤等诸如此类的情况，你需要牢记以下这些生存法则：

A. 在沙漠迷路，你该如何应对?

a. 随身携带生存背包。每年，美国大约有1/3的人口外出远足。专家提示，不管去哪儿，你必须随身携带一个生存背包，背包中有些东西是必需的：饮用水、必要的食物，还有一些传统的东西，比如锯子和打火机。这些东西在必要的时候，能够帮你生火，而火不仅可以取暖，还能在你迷路时用作信号器。在上面这个事件中，马文与儿子分头行动时，身上没有带任何东西。在受伤后的几天时间内，马文的肾脏因严重脱水开始衰竭，如果他能带一瓶水，或者其他东西，对维持生命必将起到很重要的作用。

▼沙漠环境比平原复杂

b. 携带求生用具。沙漠里的水源通常都受到了污染，所以净水笔必不可少。这种袖珍型紫外

▲远行前一定准备生存背包

线消毒净水系统能在一分钟内将水变成安全的饮用水。它由电池提供能量，而且只需在水杯里搅动就可以了。它的价钱大约是 149 美元，任何野营生存商店都能买到。另外，不要忘了携带闪光灯和哨子。你永远无法预料会不会发生意外，不过你完全能做到未雨绸缪。如果马文随身携带闪光灯，直升机在搜求时，就能及时发现他；如果带有哨子，他也可以及早求救，因为没有这些东西，马文与尽早获救的机会失之交臂。

c．及时返程，不要盲目自信。如果你迷路的地方离出发地点不是太远，要尽可能按原路返回，避免越走越远。马文的错误就在于，他本来有机会按原路返回去，但是他的一念之差，使他离约定的地点越来越远。

d．告知他人你的行踪，携带通讯工具。在你远行前，有必要将行踪及归期告知亲友或者相关人员。这样，万一你意外不归，他们会在最短时间内给你提供救援。手机、定位仪等通讯工具则是你远行时不可或缺的必备品，当你出现意外时，可以使你迅速与外界取得联系，获得最及时的救助。

B. 意外受伤，你该如何应对?

a．检查伤处，做到心中有数。如果你受的伤不是太重，比如只是简单的扭伤、摔伤，可以进行简单包扎，以防止伤口进一步恶化；如果你不幸像马文一样，摔成严重的脑

▼哨声便于他人更快地找到你

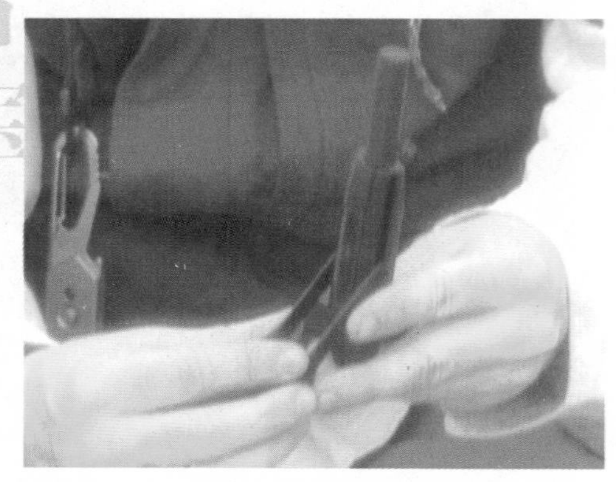

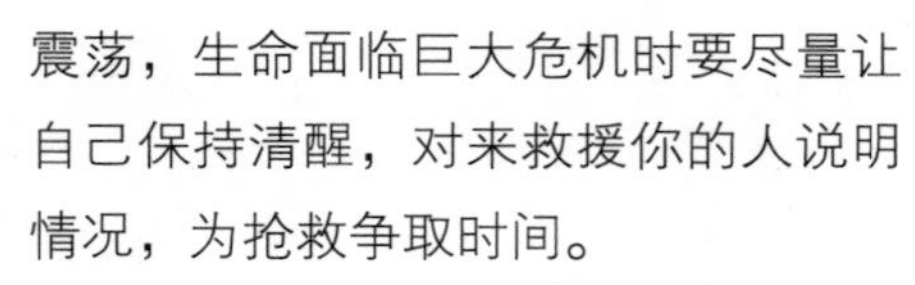

震荡，生命面临巨大危机时要尽量让自己保持清醒，对来救援你的人说明情况，为抢救争取时间。

b．保持精力和体力。在孤立无援的情况下，你能做的，就是减少不必要的体力消耗，尽量保持体力，为脱险做足准备。马文摔下岩石后，因为伤势严重没有做不必要的努力，只是安静地躺着，等待救援人员的到来。在无奈之下，这也是可行的自我救助方法之一。

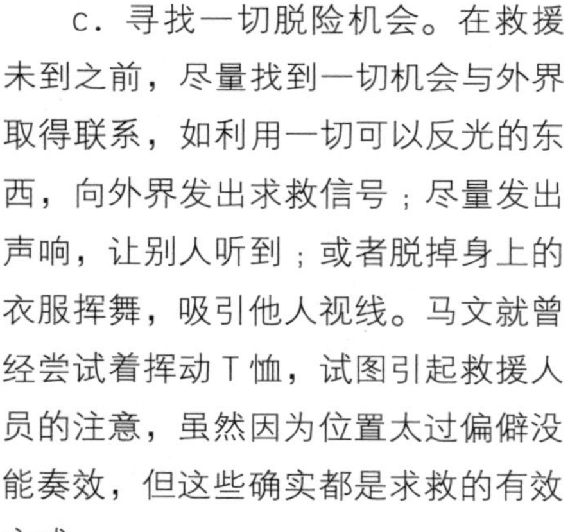

c．寻找一切脱险机会。在救援未到之前，尽量找到一切机会与外界取得联系，如利用一切可以反光的东西，向外界发出求救信号；尽量发出声响，让别人听到；或者脱掉身上的衣服挥舞，吸引他人视线。马文就曾经尝试着挥动 T 恤，试图引起救援人员的注意，虽然因为位置太过偏僻没能奏效，但这些确实都是求救的有效方式。

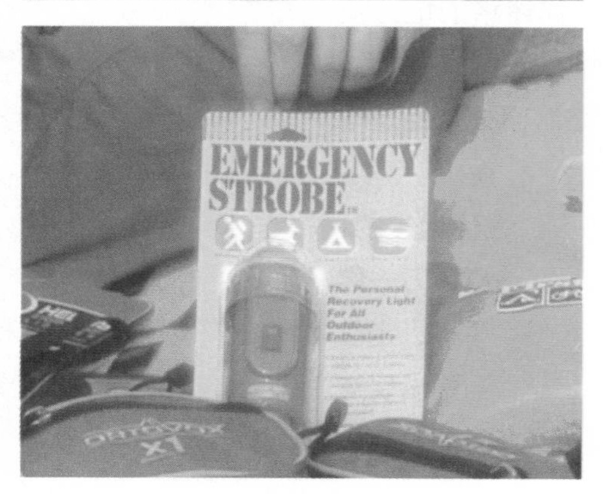

C. 孤立无援，你该如何应对?

a．做足自我防护。沙漠中昼夜温差很大，白天你要尽量保护好重要部位，如头部，避免中暑给自己造成

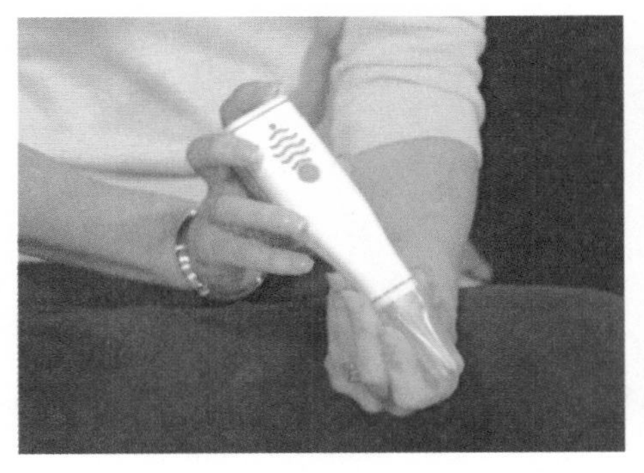

◀▶ 净水笔能在一分钟内将水变成安全的饮用水

更大伤害；夜晚，则要尽量保持体温，避免温度的散失。水米未进又没有御寒物品的马文，在半昏迷状态下，仍然懂得抱紧双肩，诸如此类的自我保护也是重要手段。

b．保持头脑清醒。在任何危险情况下，尽量保持头脑清醒。这不光可以让你准确分析形势，还能为自己争取更多的脱险机会。

c．保持强烈的求生欲望。在经过 4 天的艰难等待，甚至连儿子都认为他可能遇难的情况下，马文靠着坚强的意志，终于等到救援。人的信念常常会成为决定事情成败的关键。你什么都可以失去，唯一不能失去的，就是脱险的信心和求生的欲望。

中暑或脱水的急救常识

在沙漠中或是在烈日下，你都有可能会因为长时间曝晒而引发中暑、脱水等症状。你是否知道，应该如何帮助因曝晒而晕厥的人降温？

与熊面对面

引言

体重500千克的灰熊站在你面前，你无法逃跑，对抗又必死无疑。面对力量和速度都远远超过你的猛兽，你该如何应对？

即使没有进入森林深处，仍然有机会和熊遭遇。与体积庞大的猛兽较量自然有点自不量力，但你完全有可能运用你所掌握的常识险中求生。阿比盖尔就曾经从一头大灰熊的爪子下奇迹般地安然脱险。当时阿比盖尔正在公园跑步，想不到与一头灰熊不期而遇。灰熊走到了阿比盖尔的身边，并咬住了她的腿，情况危急，险象环生……

▶▶▶遇　熊

“跑到半路时，我忍不住停下来，向右边看了一眼。透过茂密的树丛，我看到了一个棕色的高大身影。我立刻就意识到那是一头灰熊。我当时马上就感觉大脑一片空白，所有的一切都好像在以慢动作进行。”阿比盖尔从来没想过，自己会如此近距离地与熊接触。

▼短暂小憩

2002年春，阿比盖尔在黄石国家公园邮局获得一份工作。黄石国家公园环境幽美，树林茂密，行人稀少。每天上班前，阿比盖尔都会跑步通过一条小路。她很享受林间的清新空气，有时候会坐到林中的石头上稍作休整，欣赏下公园的美景，然后精神抖擞地投入到新一天的工作和生活中。

黄石国家公园大约有400～600头大灰熊，所以步行或者慢跑者必须步步小心。对灰熊家族来说，2002年是食物匮乏的一年，这就导致人熊遭遇更加频繁。阿比盖尔具备自我防护的一些基本常识，她曾经听说过一些灰熊袭击人的案例。比如一名男子在帐篷睡觉时遭到灰熊袭击；另一名男子在徒步旅行时遭到一头带幼崽的雌灰熊的猛烈攻击。因为很清楚灰熊的可怕，所以阿比盖尔常常会下意识地做些防护措施，以便自己万一遭遇危险时，可以有所防范。

2002年5月21日，阿比盖尔和往常一样开始跑步。她当时随身带了一瓶水和一串钥匙，还在脖子上戴了一个很小的铃铛。之前曾经听人说过，铃声可以起到威慑作用，能有效阻止动物靠近。阿比盖尔细心地整理着脖子上的小铃铛，确保它能正常工作，她以为这样就万无一失了，但接下来的事情证明她错了。

▲晨跑时遇到了熊

阿比盖尔开始沿着那条熟悉的小路慢跑，在跑到半路时，她下意识地觉得有些地方不对劲。这是公园中

▲时间仿佛停驻了

一处很安静的所在，树荫浓密，遮挡着阳光，小路上根本没有行人，只有一些石头不规则地散落在丛林中。阿比盖尔感觉不对劲的地方就是丛林中似乎有什么东西在动，那显然跟风吹树木的摇摆是不同的。她忍不住停下来，向右边看了一眼。天啊，透过茂密的树丛，她看到了一个棕色的高大身影，常常听到灰熊传说的阿比盖尔立刻就意识到那是一头灰熊！阿比盖尔马上就感觉大脑一片空白，时间似乎突然静止下来，所有的一切都好像在以慢动作进行。

果然，一头高大粗壮的灰熊慢慢地从丛林中走出来。它神态悠闲，动作显得有些笨拙，正低头在地上嗅着什么，难道它是在闻阿比盖尔的气息？眼看着灰熊慢慢转过丛林，一步步走到了阿比盖尔正在跑步的这条小路上，惊呆了的阿比盖尔只能一动不动地站在原地，但她的眼神无法掩饰秘密，在泄露着内心的惊慌。她恐惧又密切地注视着灰熊的动向，眼睁睁地看着它一步步向自己走来，越来越近。

►►►对　峙

“当时，我能感觉到手指上传来的刺痛，我能感觉到灰熊喷吐在我手上的气息。”阿比盖尔只能与灰熊静静对峙。但灰熊走到了阿比盖尔身边，开始上下不停地嗅起来。

阿比盖尔很清楚逃跑将会招致的后果。常识让她知道，这种动物能够轻而易举地胜过人类。灰熊虽然看起来很笨拙，但它非常擅长奔跑，奔跑速度是每小时 48 ~ 56 千米，而自己显然跑不了那么快。想清楚了这点，阿比盖尔更是一动都不敢动，就像树桩一样站在原地。灰熊在路口那边转来转去，阿比盖尔不知道它想干什么。阿比盖尔尽量不去看那头灰熊，因为她感觉自己如果和一头危险的猛兽发生直接目光接触的话，很可能会让对方更具攻击性。

▼熊仔细嗅着气味

此时阿比盖尔用眼睛的余光观察灰熊：它依靠后腿站了起来，几乎达到树冠的高度，这让它看起来更加高大凶猛；它的嘴张得大大的，一边还不停地晃动着身体，使劲嗅着空气里的气息。

阿比盖尔静静地站着，空气似

▲阿比盖尔将手抬起来，避免被咬到

乎一下子凝固了，四周静得可怕，甚至连灰熊的呼吸声都听得一清二楚。

全身紧绷的阿比盖尔紧张到了极点。接下来它要做什么？会对自己发动攻击吗？阿比盖尔知道，灰熊的力气很大，而且体重也比自己要重得多，除此之外，它还有锋利的牙齿和爪子。这时，她似乎还听到了灰熊用爪子在地上摩擦的声音。不论从哪个方面比，自己显然都不是灰熊的对手。

灰熊正一步步靠近阿比盖尔，脚步声越来越近，距离一点点缩短。很快阿比盖尔就感觉到灰熊的嘴靠近了自己的手，她能感觉到手指上传来了刺痛。她知道，那是灰熊在嗅自己的手了，她甚至感受到了灰熊喷吐在手上的气息。阿比盖尔浑身的汗毛都竖起来了，大气都不敢出。她下意识地把另一手抬起来，避免被灰熊嗅到。

▼眼睁睁地看着熊一步步向自己走来

然而情况更加危险了——灰熊慢慢低下头去，突然，一口咬住了她的腿。阿比盖尔吓得一下子张大了嘴。

▸▸▸反　击

“事实上，我过去经历了很多危险都能逢凶化吉，所以我并不打算就此束手待毙。”阿比盖尔决定奋起反击，对付这头灰熊。

我该怎么办？我该怎么办？阿比盖尔知道，灰熊很有可能会撕碎自己的腿，而一旦让它闻到血腥味，那自己肯定就必死无疑了。事实上，阿比盖尔过去经历了很多危险，但每次都能逢凶化吉，所以她并不打算就此束手待毙。阿比盖尔压制住想要惊叫的冲动，决定采取行动对付这头灰熊。

▼阿比盖尔向灰熊身上洒水

遗憾的是阿比盖尔身上并没有带什么东西，她迅速地在脑海里搜寻着可以帮助自己的物品。随后，她有了主意。趁着灰熊不注意，阿比盖尔偷偷把手伸向腰间，那里有她早上准备用来喝的水。事实上，这时候阿比盖尔手头仅有的东西，也就只有水瓶了。她打开瓶盖，然后，闭上眼睛，胡乱地向灰熊身上洒去。当阿比盖尔做这些事情的时候，她并没有期望这小小的反抗能真正起到什么作用，她只不过想表明自己坚决的态度罢了，她甚至想到，自己的举动可能会招致灰熊的愤怒。但是上帝显然在保佑着阿比盖尔，不可思议的是，奇迹出现了。

▶▶▶脱　险

“在它离开的时候，我的眼睛简直是一眨不眨地盯着它，心想它可千万别再返回来了。”阿比盖尔在经过奋勇反击后，那头灰熊终于离开了，阿比盖尔终于安全了。

▼阿比盖尔迅速离开树林

在受到阿比盖尔的反击后，那头灰熊没有像阿比盖尔想象中那样暴怒，而是低下头，还伸出舌头来舔舔嘴，似乎在思索着什么，然后它用爪子轻轻地在地上抓了抓，慢慢地转过身，紧接着慢悠悠离开了。阿比盖尔仍然一动也不敢动，在它离开的时候，眼睛一眨不眨地盯着它的身影，心里默念着，可千万别再返回来。灰熊似乎听懂了阿比盖尔的祈祷，它的身影越走越远，阿比盖尔试着慢慢后退了几步，她仍不确定，自己是不是真的安全了。

直到灰熊完全不见了，阿比盖尔才长长地出了口气，然后慢慢退到树的后面，虚脱地转身往回走。终于放松下来后，她一时不知道自己是该笑还是该哭。一瘸一拐的阿比盖尔回到车旁，不放心地回头张望。刚才的一幕仍然让她后怕不已，幸好现在安全了。阿比盖尔急于知道自己的伤势，她坐到车上，拉起裤腿，找到灰熊刚刚咬过的地方，奇怪的是，那头灰熊居然连阿比盖尔大腿的皮都没有咬破。

阿比盖尔终于放下心来，她轻轻地放下裤腿，庆幸着自己可以在那么惊险的情况下，险中求生。阿比盖尔仔细回想了一下，自己和灰熊的对峙前后加起来只不过持续了不到 5 分钟，但她永远都不会忘记这段经历。

▼远离熊出没的区域和季节

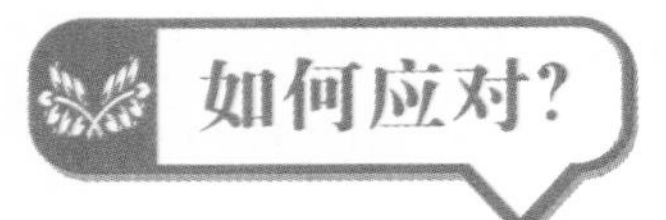

如何应对？

猛兽的脾气是很难预料的，阿比盖尔面对灰熊时，确实很勇敢，也足够幸运。多数人在遇到这种情况时无疑都会感到恐惧，记住，当你走进大自然后，你就进入了熊的领地，你得遵守熊的规则，这时候，光靠运气是没用的。所以当你不幸与阿比盖尔有相同的遭遇，面对类似于灰熊这样的猛兽时，请记住以下几点生存法则：

▼发怒的熊

A. 灰熊出没，你该如何应对？

a．远离灰熊出没的区域。即使你没有进入森林深处，仍然有机会和熊相遇。在新泽西州，一头黑熊击碎窗玻璃，旋开门锁，然后闯进了一间车库。人熊遭遇越来越频繁。去年，东海岸就有3000多起黑熊索赔案。在西部，灰熊的威胁更是有过之而无不及。黄石国家公园大约有400 ~ 600头大灰熊，所以步行或者慢跑者必须步步小心。阿尔盖比选择在这里跑步，无疑就创造了自己与灰熊相遇的“机会”。

▼即使不在熊的领地，也可能与熊遭遇

b．制造声响，提示灰熊。熊这种动物虽然生得凶猛，但其实生性胆怯，听到人类的声音后一般都会主动避开。所以，你在走路时最好制造出声响，比如高喊几声或者使劲鼓掌。小铃铛也很有用，虽然这对阿尔盖比没有起作用。阿尔盖比跑步的小路非常幽静，如果她能制造一些声音出来，可能会对灰熊起到一定的警示作用。

c．无法避开的区域，也要避开灰熊出没的季节。春天是灰熊经过漫长的冬季后猎食的最好季节，在这个时候，最好避开灰熊出没的区域。2002年是食物匮乏的一年，人熊相遇的机会本已很多，阿尔盖比又选择了在春天这个季节跑步，增加了遇到灰熊的几率。

B. 遭遇灰熊，你该如何应对?

a．千万不要主动攻击灰熊。熊一般不会主动挑衅，它只是想确认你会不会对它构成威胁。如果你和一头熊遭遇，这时你有两个选择：像阿比盖尔那样站在原地不动，或者将身体蜷成球状、用背部掩住脖子装死。关键是不能动！这听起来非常疯狂，但是真的，如果熊发现你不会对它构成伤害，通常都会主动离开。阿拉斯加州一位女士就是将身体蜷成胎儿的姿势，结果熊在发现她没有动静之后就走开了。阿比盖尔从发现灰熊开始，就一直静静地站着不动，同时阿比盖尔还尽量不去看那头灰熊，因为她感觉自己如果和一头危险的猛兽发生直接的目光接触的话，很可能会让对方更具攻击性。阿比盖尔的所有做法都让灰熊感觉不到威胁，无疑对安抚灰熊的情绪极为有利，灰熊认为她对自己来说是安全的。这也为阿比盖尔的安全脱险创造了机会。

▼保持冷静

b．千万不要跑。即使熊主动攻击你，也千万不要逃跑，千万不要慌。灰熊在发动攻击后会迅速离开，这是它们常用的手段，只是想把你吓跑，这样它就用不着搏斗了。一定要注意，千万不要跑！阿拉斯加一名男子和熊遭遇之后，惊恐万分，竭力逃开，结果被熊追上，并被折磨而死！要知道，熊虽然体重高达四五百千克，但它非常擅长奔跑！发怒的灰熊奔跑速度可达每小时56千米！这相当于纯种良马的速度！而人的最高速度是每小时 37 千米，所以逃跑根本是白日做梦。阿比盖尔遭遇灰熊时，头脑很清醒，她很清楚惊慌或逃跑将会招致的后果。常识让她知道，灰熊能够轻而易举地胜过人类。所以阿比盖尔决定以静制动，给自己逃生创造了机会。

c．不要轻举妄动。当灰熊后腿直立时，阿比盖尔肯定非常害怕。其实，这并非是熊的攻击姿势，它只是感到好奇，可能想凑近看看你，在你身上闻闻而已。阿比盖尔在灰熊嗅自己的手时，情况已经非常危急，她能感觉到手指传来的刺痛，她知道那是灰熊在嗅自己的手，她甚至能感觉到灰熊喷吐在她手上的气息。这个时候她仍能坚持着一动不动，这种做法无疑非常正确。事实证明，灰熊只不过是在试探她，并不是真的想伤害阿比盖尔，虽然后来情况更加危险，灰熊甚至咬到了阿比盖尔的腿，但它其实连阿比盖尔大腿的皮都没有咬破。如果此时阿比盖尔采取行动，

▼当灰熊后腿直立时，它可能只是出于对你的好奇

▲通过野生动物的形态可以判断是否处于攻击状态

后果可能就会完全不同。

C. 灰熊攻击，你该如何应对?

a. 判断灰熊是否真的处于攻击状态。熊是否处于攻击状态完全能一目了然：当灰熊表现正常，很安静，即便它后腿直立时站在你面前，或者在你身上嗅来嗅去，也不用害怕。因为这其实并非攻击姿势，它只是在好奇地试探你罢了。但是如果它的嘴里发出“呼哧”声，并用爪子挠地，这时装死就没用了，而是你应该考虑如何反击的时候了。

b. 奋起反击。如果灰熊已经处于攻击状态，你要尽量表现出强悍的样子：站直，挥动手臂，尽量让自己看起来强大，用深沉的嗓音发出怒吼，这时灰熊可能会知难而退。如果这些都没用，那就猛击它的鼻子，这是它身上最脆弱的部分之一，你最好用足够大的力气把它打晕，然后伺机逃脱。阿比盖尔显然很幸运，她遇到的是一头攻击性不强的灰熊，她只是利用水瓶稍作反击，灰熊就退却了。不过，有一点还值得商榷：朝灰熊喷水并不是好主意，虽然效果不错，但这很容易被灰熊看做是袭击，如果恰好此时灰熊处于攻击状态，那阿比盖尔最后的遭遇肯定就没这么幸运。

c. 保持镇定和耐心。任何时候，你都应该头脑清醒，相信自己总有机会摆脱危险。强烈的求生愿望会让你有无穷的勇气。阿比盖尔过去经历了很多危险，但每次都能逢凶化吉，所以她坚信自己这次也能顺利脱险。她并不打算束手待毙。事实上，阿比盖尔足够镇定，她能在最危急的时刻抑制住自己想要惊叫的冲动；她有足够的耐心，与灰熊一直周旋，并能自始至终头脑清醒地一步步采取行动对付灰熊。当灰熊离开后她仍然足够谨慎，确定了灰熊确实不会回来才迅速逃离。阿比盖尔的经历告诉我们，在最危险无助的时刻，能拯救你的，只有你自己。所以，任何情况下，都不要轻易放弃希望、放弃自己，一定要找各种求生机会。

▼面对攻击要表现得足够强悍

深陷激流

引言

你和朋友一起漂流时，橡皮船翻倒，船上人全部落入湍急的激流。在这令人窒息的时刻，你该如何应对？

现在，越来越多的人开始喜欢上了探险，漂流是最常见的探险方式之一。在享受漂流带来的刺激感的同时，你也要面对可能会遇到的危险，因此你要做足准备，以防万一。唐尼和她的朋友们就是在漂流探险的时候，不幸被激流卷进漩涡，情况危急……

►►►精心准备

“即将到来的挑战让我们感到非常兴奋，我们迫切希望能够体验那种强烈的刺激感。”唐尼和朋友们一起为漂流做着准备。

唐尼是一名经验丰富的漂流者，她非常享受漂流时那种乘风破浪的快感，也非常欣赏风平浪静时水上的美景。唐尼一直希望自己能有机

▼唐尼和朋友们对出行计划信心满满

会在北加利福尼亚的特里尼蒂河上进行漂流。机会终于来了！当唐尼和朋友们站在特里尼蒂河岸边时，即将到来的挑战让冒险者们感到异常兴奋，他们迫切希望能够体验那种强烈的刺激感。

和唐尼同行的全都是久经风浪的漂流者，其中包括她的好朋友约翰。当唐尼和约翰在河边边走边谈时，他们的心情都很悠闲，也很放松，他们根本就没有想过这次漂流会有什么危险在等待着自己。

事实上约翰进行橡皮船和皮艇漂流差不多有18年了。他自己也进行专业导航，并且组织漂流。这天，约翰的任务是拍摄朋友们穿越激流的情景。他选择了一个有利位置，距离激流至少有90米。透过镜头，可以通过俯视的角度看到下面的情况，河岸上怪石嶙峋，河面上湍急的水流都可以一览无余。因为负责拍摄，约翰不经意间用镜头拍下了这次漂流的全过程，也有幸成了这

▼为漂流做精心准备

次惊险之旅的见证者。

河面上激流拍打着巨石，看起来惊险无比。唐尼和朋友们在下游精心设置了一道安全网防止意外发生。有的人还拿着安全绳袋，就是那种装有二十余米长救生绳的袋子。除了这些保险措施外，他们还在下游放置了救生艇以防万一。这次漂流最危险的地段是一个 2.44 米高的垂直落差，那里水流激荡，波涛汹涌，看起来惊险无比。他们必须尽量做到万无一失。

唐尼知道，他们这次活动的向导布拉德其实很不情愿参加。也许是布拉德当时看到那么危险的场景，可能已经预感到会有什么危险发生。不过，布拉德和唐尼他们一向合作得很好，再加上唐尼又的确很想完成这次漂流，因此，尽管不太情愿，布拉德最终还是加入了唐尼的漂流队伍。

▼在通过垂直落差时遇险

▶▶▶意外遇险

“我们一边勉强坐下，一边用力划桨，但是我们已经失去冲力，根本冲不出去。”漂流刚刚开始不久，唐尼他们就遇到了麻烦。

事实上，漂流刚开始时确实如唐尼所想的那样，情况还算不错。大家一起有节奏地划着桨，橡皮船向着既定目标进发。但是在橡皮船通过第一个落差时，他们没能计算好角度，危险降临了，橡皮船撞上了一块岩石！巨大的撞击使橡皮船无法再保持稳定，在激流的冲击下，橡皮船摇晃着掉进了落差下面的漩涡里。这个漩涡水流翻滚，力道强劲，任何物体都难以摆脱它的束缚。与唐尼事前的乐观估计完全不同，就是在这个时候，情况整个发生了改变。

▲奋勇拼搏

唐尼和她的朋友们被激流冲击得一直摇晃不止，在橡皮船上根本就无法保持平衡。他们采取着合适的姿势，有的站着，有的半蹲着，手里的桨似乎随时会脱手而出。幸好唐尼和她的朋友们都有着丰富的漂流经验，知道在这种情况下应该如何应对。他们一边勉强坐下，一边用力划桨，试图摆脱这个漩涡。但是这个时候的橡皮船已经失去冲力，根本冲不出去。在漩涡的作用下，橡皮船开始在原地不停地打转。随后，作为他们的向导，布拉德第一个被弹了出去，一下子就看不见了。

向导落水之后，没有人帮唐尼他们协调橡皮船的行动了，大家只好胡乱地挥动着船桨，根本没有章法可言。而且在失去一个人后，橡皮船的平衡性更差，情况更加糟糕，问题层出不穷。它不停地上下起伏倾斜，似乎随时都会翻过来，那情形真是惊险到了极点。

当橡皮船再一次靠近激流时，在强大的激流冲击下，开始严重倾斜，然后整个船底部朝上翻过来，一下子倒扣在河面上。船上所有的人都掉进了河里，从远处看起来，人就好像全被扣在了船的下面似的，情况非常危急。

▶▶▶被困漩涡

“为了抓紧橡皮船，我已经用尽了所有的力气。”唐尼被困在橡皮船的附近，根本无法摆脱激流漩涡的束缚。

约翰通过镜头看到了事发的全过程。他目睹这个惊险的场面后紧张得喘不上气来。因为距离太远，他只能眼睁睁地任由事态发展，根本无能为力。

翻船的地方水流非常急，落水的人被激流冲击着，从船下冲到漩涡中间。大家都在奋力拍打着水面，想挣脱水流的束缚，但水太急了，大家的努力显然无法奏效。最后，除了两个人，其他人都被水冲走了。唐尼就是侥幸留下来的两个人之一。在约翰镜头中，唐尼是距离镜头最远的那个，而且位置有点儿靠左。

▼船上的人很快被激流冲走了

唐尼和另一个留下来的朋友死死地抓着橡皮船，奋力挣扎着想找到一个相对安全的位置。

约翰紧张得透不过气，他不住叫喊：“唐尼，离开船！”可是距离遥远，他并不确定唐尼能否听到自己的提醒。

激流中，唐尼和另外一个漂流者在水流的冲击下不停地起伏。最终另外一个漂流者无法抗击激流的力量，被水冲离了橡皮船，顺势向下游漂去。

约翰希望唐尼也可以摆脱漩涡，但是，唐尼始终紧抓着船不放，而橡皮船受到水流的冲击正在不停地转圈，唐尼也随着在漩涡中转圈，她的身影不时被激流吞没，显得那样的无助。

约翰一直担心她会被困在橡皮船下面——事实也确实如约翰担心的那样，因为水流非常猛，为了抓紧橡皮船，唐尼已经耗尽了所有的力气。

►►►险象环生

“当时，我仅存的一点意识就是，浮出水面呼吸空气，我已经没有力气来游泳了。”唐尼终于离开了漩涡，却再次被激流冲到了河底。

“放开橡皮船！”约翰再一次大声提醒着。这次，唐尼听到了。本来，她当时想只要抓紧橡皮船，一两分钟后，橡皮船摆脱漩涡，自己就可以随着漂向下游。谁知道情况并不是她想象的那样，船一直在转圈，她也只能跟着橡皮船一起原地打转。她开始觉得，抓紧橡皮船这个主意可能不是太明智。

“让她放开橡皮船！”唐尼听见岸上的人在叫喊，看来他们跟自己的想法一样。唐尼心想：“好吧，为了让他们放心，我就放开吧。”于是，唐尼放开了抓紧橡皮船的手。没有了船的牵引，激流一下子冲过来，唐尼又被淹没了。她本能地挣扎着，想再次抓住橡皮船，但又一次被激流冲开了。

▼无助的唐尼

◀▶ 一次次被激流淹没

“天哪！”约翰不由得惊呼起来。通过镜头，他清晰地看到了唐尼的挣扎。她显然已经筋疲力尽了，所以只是笨重地甩了两下胳膊。在那么湍急的水流中，她的挣扎根本起不到任何作用，随后唐尼的身影被激流吞没了，约翰看不到她了。

唐尼落入了一道五级激流的水底。她预料到自己在放开橡皮船后会遇到危急情况，但是没想到会这么快就被激流吞没了。接下来，唐尼感觉到自己一直在急速地漂流着，她知道自己被冲到了水下。她闭着眼睛，周围漆黑一片。

约翰通过镜头焦急地寻找着唐尼的身影，上帝保佑，在河面上，远离橡皮船的一个地方，唐尼的身影突然浮出水面，她已经离开了漩涡！事实上，这时的唐尼已经筋疲力尽，她仅存的一点意识是浮出水面呼吸空气，根本没有力气来游泳了。

约翰还没来得及高兴，就看到一个浪头扑向唐尼，她被冲得向后退了几米，紧跟着又一股激流冲来，把唐尼带向下游，随后就被激流吞没，完全消失了。

唐尼的命运已经完全被这条河掌握了。作为唐尼的朋友，约翰对那个惊险场面感同身受。

►►►全力营救

“那时候，我觉得自己终于解脱了，我总算安下心来，一切都结束了。”在众人的努力下，唐尼终于从激流中被解救出来。

约翰通过镜头紧张地搜寻着唐尼的身影，已经成功上岸的漂流者同样焦急、密切地观察着唐尼的动向。当镜头中再次出现唐尼的身影时，她已经超过最后一条救生绳足足有15米了。匆忙之下，站在岸边的漂流者想不出更好的救援方法，只好扔给她一条安全绳。安全绳准确地落在了唐尼的面前，这一次唐尼稳稳地抓住了绳子。

在镜头中把每一个动作都看得清清楚楚的约翰忍不住要欢呼起来，他确信，那是他见过的最棒的一次投掷！

唐尼紧紧地抓住安全绳，那一刻，她知道一切凶险结束了。现在唐尼已经无力再做什么，她只能虚弱地抓紧绳子，剩下的事情，只能交给自己的同伴来做。多年

▼救援者将安全绳抛给唐尼

的默契让她可以完全信任他们，可以安心地把自己的生命托付给他们。她知道朋友们紧张地采取着救援行动，像拉扯一块湿布一样，用力把自己拉了上来。

►►►有如重生

“在整个过程中，唐尼一直表现得很好。换作是我，我都不知道能否做得和她一样好，这真的让人很难忘。”唐尼的勇气和坚持让朋友永生难忘。

▼唐尼被拉上橡皮船

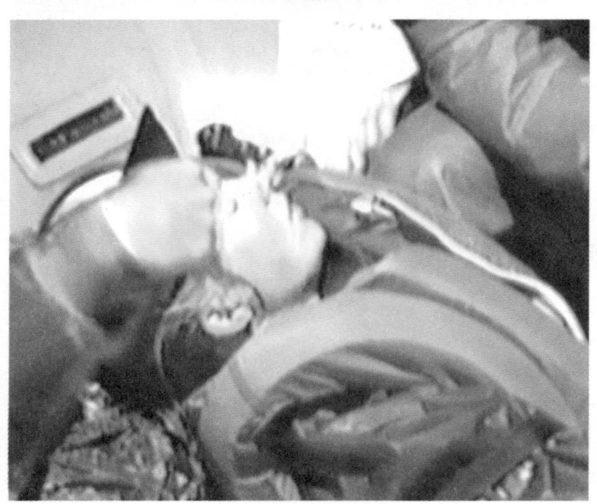

获救后的唐尼筋疲力尽地倒在船上，一动不动。说实话，唐尼从来都没有经历过这么可怕的事情。这会儿她实在是太累了，只能这么静静地躺着，闭着眼睛。朋友们围坐在唐尼的身边，轻轻拉着她的手，为她的劫后余生庆幸不已。

奇怪的是，唐尼并没有受伤。她自始至终一直竭力保持镇静，这也是她幸存的重要原因之一。而她的勇敢也令朋友们钦佩。

以后的日子，唐尼又和约翰他们一起在风景如画的海滩散步、聊天，观赏美丽的海景，她享受的样子，让人觉得，那次可怕的经历好像从来没有在她身上发生过一样。

▲漂流带来的乐趣是唐尼和朋友们一生难忘的

虽然已经不存在什么心理障碍，但唐尼还是决定暂时不参加漂流活动了。不过，唐尼倒是很愿意鼓励朋友们继续享受漂流带来的乐趣。如果你想尝试这项运动，唐尼建议最好掌握一些求生方法，因为这在你遇到危险时很有用处。唐尼用自己的切身经历告诉大家，身陷在激流中，最重要的事情就是两点：

第一，不要呼吸。

第二，不要慌乱。

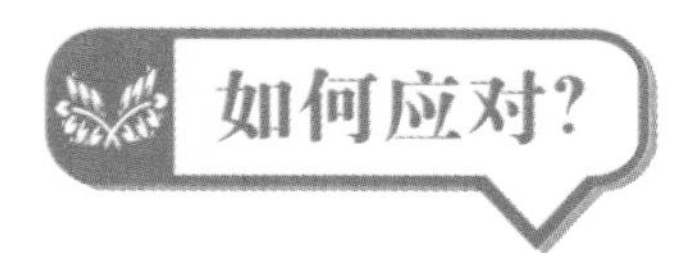

越来越多的人喜欢探险，比如爬山、深水潜水或者

漂流。在寻找冲破身体极限的刺激感时，谁都不希望真的遭遇危险，而事实上，享受探险乐趣的同时，危险是不可避免的。如果不幸像唐尼一样，深陷激流，记住下面这些求生方法，关键时刻，一定会让你死里逃生：

A. 在水流湍急的河上漂流，你该如何应对？

a．做足防护措施。不管你是经验多么丰富的漂流者，在面对大自然的浩瀚时，个人的力量都是很渺小的。因此，如果你决定挑战人类的极限，首先要保证自己的人身安全。在这次漂流中，最危险的地段是一个2.44米高的垂直落差，为了避免可能会遇到的危险，唐尼和朋友们做足了防护措施：他们在下游精心设置了一道安全网，以防出现意外——最后所有的人员都安全脱险，跟他们的防护措施绝对密不可分；有的人还拿着安全绳袋——事实上最后唐尼就是借助安全绳顺利脱险的；他们还在下游放置了救生艇以防万一——最后唐尼就是被救到了救生艇上面。完备的防护措施，无疑就是生命的守护神。

b．跟队友默契合作。如果在漂流中你有同伴，在出发前一定要做好及时而细致的沟通，分工合作。在遇到情况时，你们一定要达成共识。这样，在危险面前，你们才能共同面对，并肩作战。唐尼能安全脱险，除了自己的良好表现，朋友们也起到了决定性的作用。不管是共同对抗激流，还是后来决定放弃橡皮船，以至于最后的安全绳，还有获救后的守护，朋友们在唐尼的这次经历中的作用都绝对不容忽视。

▼个人漂浮装置和头盔将在关键的时候使你免受伤害

c．重视向导的作用。在一个完全陌生的环境中漂流，你最好找一个熟悉当地情况的

向导，他可以指导你避开一些不必要的伤害。在这次事件中，唐尼的向导布拉德一开始并不愿意参加漂流，他可能已经意识到当时的情况会带来危险，可惜，唐尼他们并没有重视他的意见；之后的漂流中遇险，向导被激流从橡皮船抛出去，以至于唐尼他们手忙脚乱，情况变得越来越糟。所以从这个角度来说，向导的作用是不可忽视的。

▲漂浮装置

B. 意外落水，你该如何应对？

a．准备好个人逃生设备。你需要准备一种个人漂浮装置。如果漂流的地势比较危险，最好穿上它，以防万一。另外一个重要装置就是头盔，它可以有效保护你的头部。一旦落水，你要尽最大的努力返回橡皮船，然后紧紧抓住它，把它当做一个漂浮装置。唐尼在没有这些逃生设备的情况下，紧紧抓住橡皮船，虽然对她逃生没有起到作用，但是在遇险时，如果不是遇到漩涡，这种方法也是可以采用的。

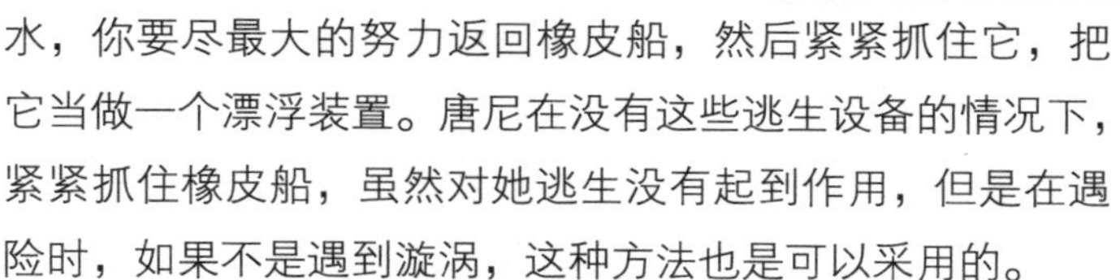

b．采取正确的逃生姿势。如果是自由漂浮，你需要采取防护性的姿势，保持双脚朝上，面向下游，然后胳膊张开，放在体侧，这样才不容易下沉。但是，当你像唐尼一样被卷入漩涡时，做法也会截然不同。这种情况就像洗衣机的卷筒一样，水流会不停地向上，向下，向上向下，你根本无法出去。要想摆脱漩涡，你必须把身体蜷缩成一个圆球。然后，深吸一口气，让水把你拖下去。在到达水底后，你就可以迅速游走。唐尼之所以没有及时逃脱，很大程度上也是因为她没有选择正确的逃生姿势。

c．保持头脑冷静。这种情况下最忌慌乱。如果你能保持清醒，继续呼吸，你就会轻轻松松地化险为夷。在这次漂流遇险事件中，唐尼自始至终一直竭力保持镇静，这也是她幸存的重要原因之一。

C．深陷激流，你该如何应对？

a．寻找脱险机会。在湍急的激流中，你应该尽量设法避开激流的中心位置，不要使自己身陷漩涡。当你像唐尼一样被卷入漩涡时，你就像处于洗衣机的卷筒一样，水流会不停地旋转，你根本无法出去。唐尼当时的错误就在于，她没有及时放开橡皮船，因此只能跟着橡皮船在漩涡中一直打转，把自己弄得筋疲力尽。

b.寻找机会保持呼吸。在激流中，尽量保持正常的呼吸，才能为自己脱险创造更多机会。当唐尼被冲进水底，已经筋疲力尽，没有力气游泳时，她仅存的一点意识就是浮出水面呼吸空气，如果她不这么做，可能已经因为窒息而死，

▼尽量保持正常呼吸

保持呼吸为她赢得了抢救时间。

c．听从同伴的建议。在你身处险境，根本无法弄明白整体状况的形势下，你身边的人可能会比你更好地掌握事态的发展趋势。这时，你最好听从这些旁观者的建议。唐尼就是听从同伴的建议，放弃了橡皮船，从而摆脱了漩涡，向最终脱险迈出了关键的一步。

▲双脚朝上的浮游姿势和摆脱漩涡都是获救的关键性因素

d．保持积极的心态。在任何情况下都要保持积极的心态，要对自己有信心，不绝望，不放弃求生希望。唐尼在整个事态发展过程中，始终没有太过慌乱，平和的心态对她摆脱困境起到了积极作用。即使身处漩涡，她仍能保持头脑清醒，希望可以借助橡皮船脱险；脱险无望的情况下，她听从朋友建议放开紧抓橡皮船的手；被激流冲进河底后，她保持强烈的求生欲望，浮出水面呼吸空气；力气耗尽的情况下，仍能奋力抓住安全绳脱险……唐尼的经历告诉我们，虽然外界情况可能会瞬息万变，但生存的主动权其实始终掌握在我们自己手中，只要我们自己决定不放弃，就没有人能夺走我们的生命。

救助溺水者的方法

救助溺水者，最重要的是要采用行之有效的方法，这对溺水者来说至关重要。救助的方法都有哪些呢？

枪鱼攻击

引言

在远洋捕鱼时，钓到了一条近300千克的枪鱼，结果它却跃出水面径直向你撞过来。你伤势严重，失血过多，你该如何应对？

突然遭遇一条庞大枪鱼的攻击，并不是每个人都会遇到的，但被袭受伤却是你随时可能遇到的意外情况，因此你需要具备基本的急救常识，以防不测。丹尼斯遇到的意外是被枪鱼刺穿了胳膊和胸部，流了好多血，生命垂危……

►►►枪鱼上钩

“这次，我们把渔线抛得比较远。没过多久，鱼就上钩了，而且是一条箕作氏枪鱼。”在即将返航的时候，迈克终于钓到了一条期待已久的枪鱼。

如果你钓过鱼的话，那你肯定知道钓到一条大鱼会是多么兴奋。丹尼斯就喜欢钓鱼。想想海上开阔的景色，天空高远，海水湛蓝，远远望去，海天相接，不时还可以看到小岛上迷人的风光。在这样的海面上放下渔线，然后坐在船头静静等待鱼儿上钩，是件很享受的事情，而最高兴的时刻当然是向朋友们展示自己的劳动成果——再也没有什么比钓到一条大鱼更让人兴奋的事情了。

这次，丹尼斯和家人以及朋友前往巴拿马海域。这是个很庞大的出行队伍，人员众多。大家聚在一起，站在船头，边欣赏海洋风光，边兴奋地谈论出海的愿望，他们希望能钓到一条箕作氏枪鱼。丹尼斯一家一般都是轮流出海，丈夫迈克平时在另外一条船上，不过那一天他们恰巧在一起。之后的经历使丹尼斯感觉到，能够跟迈克同乘一条船，对自己来说，是多么幸运的一件事。

那天他们去了很多地方，但始终都是一无所获，迈克非常沮丧，感觉时间过得非常慢。就在他们打算返航的时候，迈克决定进行最后一次尝试。这时的海面很平静，一点波浪都没有，就像一面镜子。海面上的视野也非常开阔，远远地可以看到附近小岛上的迷人景色。

丹尼斯知道，枪鱼非常难钓，谁都想钓到一条枪鱼，但并不能如愿。所以，当看到迈克把渔线抛远时，她并没有对迈克的举动抱太大希望，只希望这次出海不要空手而归就好。不过出乎意料的是，没过多久，鱼居然就上钩了，而且居然是一条箕作氏枪鱼！

▲尽情垂钓

当丹尼斯看到跃出水面的居然是枪鱼，而且是自己期待已久的箕作氏枪鱼时，不禁兴奋地大叫起来：“太棒了！这真是太棒了！迈克钓到了一条枪鱼！迈克钓到了一条枪鱼！”她一直重复着这句话，仿佛不这样就不足以表达自己的兴奋之情。

那条枪鱼被渔线拽着，不时跳出水面，远远望去，可以看出，它的块头非常大。枪鱼显然不甘心自己被钓到，因此一直在海面上拼死挣扎。丹尼斯兴奋得不知如何表达自己的感受，她冲着跃出水面的枪鱼大喊：“太棒了！哦，宝贝儿，再跳一次！”

这一意外收获使船上所有的人都兴奋起来，谁都没想到在即将返航的最后时刻居然会钓到这么大一条枪鱼。迈克之前的沮丧一扫而光，他决定收渔线，享受自己的劳动成果。丹尼斯开始拿出摄像机进行拍摄，她决定用镜头记录这难忘的一幕。她并不知道，危险已经离她越来越近；她更不可能想到，给自己和大家带来这么多欢乐的枪鱼，很快就要给自己致命的一击。

▼用镜头追踪

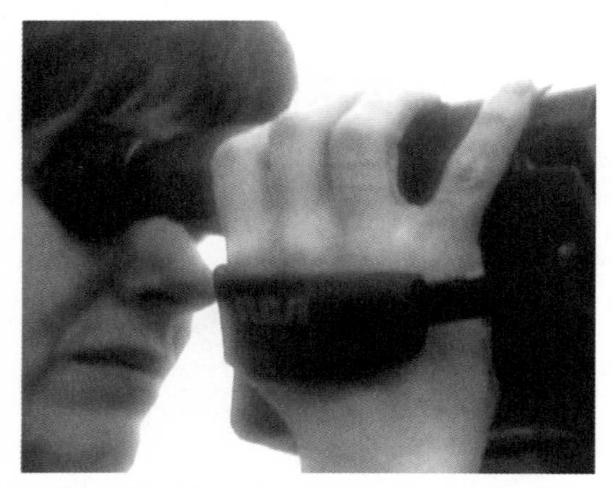

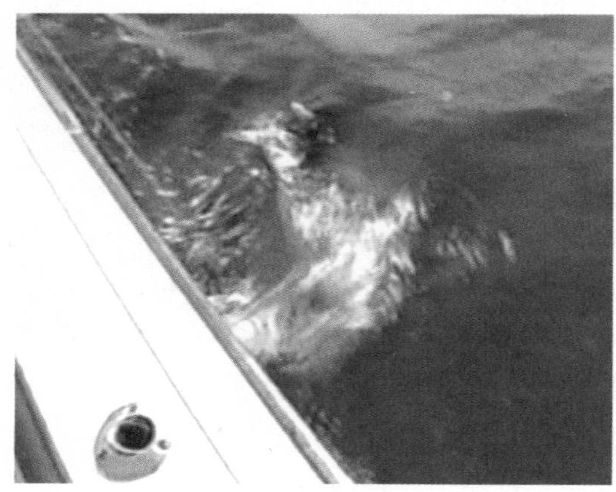

▶▶▶遭遇突袭

“大副开始收渔线，而我则忙着进行拍摄。它一浮出水面，我就把摄像机对准了它的眼睛。我知道它要出来了，但没等我反应过来，悲剧就发生了。”丹尼斯突然被枪鱼袭击，一件原本令人兴奋的事转眼变成了悲剧。

那条枪鱼看起来非常漂亮，它跃出水面时，海面的平静被彻底打破了。它在海平面上划出一条条漂亮的弧线，然后又一次次落入水中。丹尼斯抑制不住自己的兴奋之情，她一边用摄像机捕捉着海面上枪鱼的身影，一边兴奋地大叫着："看！它就在船后面！"迈克被她的兴奋感染了，不断地询问她能否看到枪鱼。丹尼斯一次次兴奋地回答说看到了，而且个头很大！从外形上看，估计这条枪鱼可能有300千克，丹尼斯从来没见过么大的枪鱼，一想到自己终于可以完成许久以来的夙愿，她的心情就异常兴奋。这种好心情促使她一直激动地用镜头对准可爱的枪鱼，追踪它拍摄它，捕捉它每一个动作，一刻也舍不得移开。

▲将枪鱼拽上船

最激动人心的时刻到来了：大副开始收渔线，枪鱼马上要出来了！

丹尼斯满怀期待地用镜头锁定水面，将摄像机对准枪鱼的眼睛。她想记录更多精彩的画面，把这终身难忘的一幕亲自拍下来。但还没等丹尼斯反应过来，悲剧就发生了。兴高采烈的丹尼斯根本就没有想到，枪鱼居然会对她发起攻击！

枪鱼的举动完全出乎她的意料之外。当时丹尼斯正欢快地招呼大家："快看这个大家伙！"她的话音未落，那条枪鱼就突然跃出水面，狠狠地冲向丹尼斯。在丹尼斯的录像中，这个时刻的景象一片忙乱，根本看不出发生了什么事，事实上，那个时候枪鱼已经奋力跃出了水面，径直冲向丹尼斯，当大家反应过来的时候，枪鱼已经刺穿了丹尼斯的胳膊和胸部。

►►►紧急抢救

“她的右臂流了很多血。于是，我赶紧帮她止血，然后把伤口包扎起来，用力按住。”情况危急，迈克在第一时间对丹尼斯进行了急救。

▼枪鱼奋力冲击丹尼斯，长枪从背部穿过

枪鱼的撞击力非常大，特别是一条体重竟然达到300千克的枪鱼。被一个这么大的家伙猛烈撞击，无论

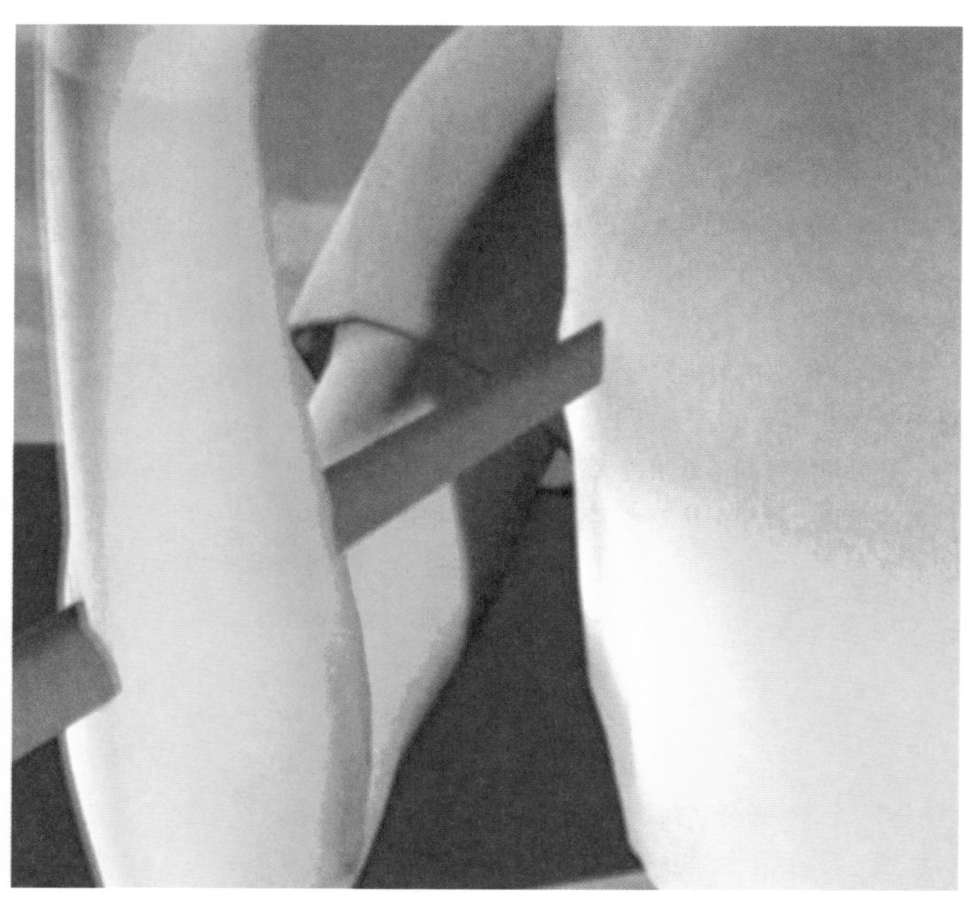

是谁都会受到严重的伤害。毫无防备的丹尼斯当时觉得全身猛然一震，那种感觉就像被汽车撞上。枪鱼长长的嘴巴像支长枪一样，一下子就穿透了丹尼斯举着摄像机的胳膊，然后扎进胸部，从背部一侧穿了出来。一时间身体不同部位的多处受伤，情形相当恐怖。

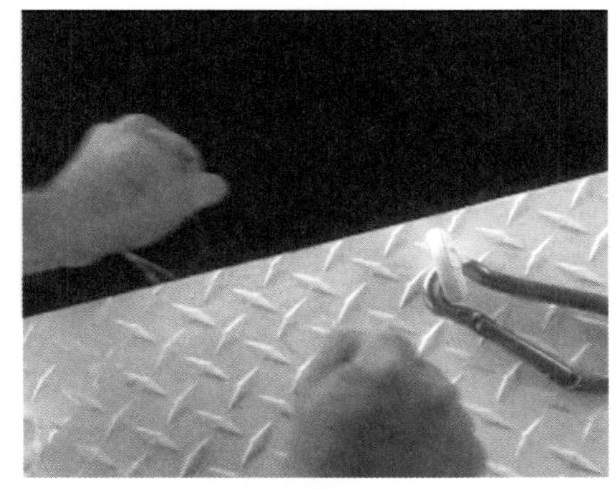

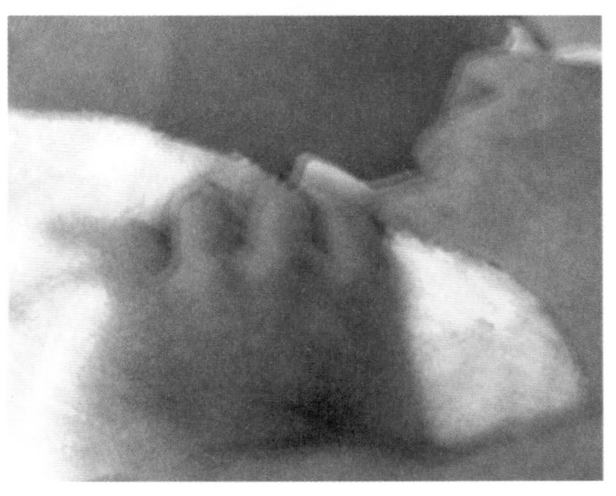

▲迈克立即切掉绳索去救护丹尼斯

迈克本来已经做好等待枪鱼滚进船舱的准备，虽然这很难办到，但迈克希望自己可以再次幸运地成功。不走运的是，海面上刚好有一个浪头打来，结果枪鱼再次落入了水中，准备逃脱。而此时迈克也被惊呼声吸引了注意，天啊，发生了什么？他被丹尼斯的伤势惊呆了，再也无心去管那条枪鱼，立即动手切断绳索，向丹尼斯跑了过去。

丹尼斯的伤口不断地流血，连船的甲板上都染红了，看起来非常恐怖。摄像机也被撞得摔在了甲板上面，还好它保留了之前丹尼斯拍摄的所有珍贵画面。情况看起来非常糟糕，丹尼斯倒下了，右臂流了很多血，看起来非常虚弱。当务之急就是赶紧帮她止血，失血过多的话丹尼斯很快就会有生命危险。迈克迅速行动起来。他先是用手用力按住丹尼斯的伤口，然后用一条长长的毛巾把伤口一层层地包扎起来，再用力按住，血终于止住了，丹尼斯的情况暂时得到了控制。

老实说，枪鱼的确是一流的攻击高手，它对目标的命中率极高，简直是一击即中。在遭到撞击后，丹尼斯胳膊上面的肌肉和组织都出现了严重损伤，血肉模糊，简直惨不忍睹。当时的伤势的确非常、非常严重。丹尼斯几乎都无法呼吸了。她甚至不敢相信这是事实，她一直在问自己：这是真的吗？

虚弱的丹尼斯无力地伸出手去，迈克赶紧用双手紧紧地握住。丹尼斯知道丈夫就在自己身边，一下子安心不少。她知道，迈克一定会有办法的，他一定会设法救自己。

►►►生命垂危

“当时，我脑子里有一种不祥的念头，我觉得她可能真的不行了。”丹尼斯的意识越来越模糊，迈克真的怕她会坚持不住。

丹尼斯平躺着，眼睛一动不动地盯着天空。那天的阳光很暖，柔柔地洒在身上，好舒服。丹尼斯直直地盯着太阳，然后发现太阳的光晕慢慢变得越来越大，天空也越来越远，周围的景物也慢慢模糊起来——她的意识已经不太清楚，她觉得自己的身体已经没有感觉了。

◄► 一刻不停地救护

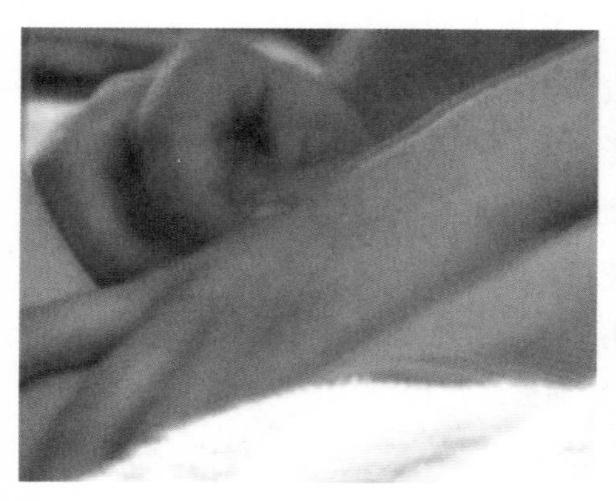

▲两双手紧紧交握，传递着爱、信心和力量

迈克看到丹尼斯的样子，吓坏了。尽管脑子里有一种不祥的念头，觉得丹尼斯可能真的不行了。但是，他不想就此放弃，于是他想方设法，竭力让丹尼斯保持头脑清醒。

迈克一边大声喊着她的名字，告诉她不要睡觉，要保持清醒，一边迅速拽过船上盛有冰块的箱子，用力打开，然后用手大把大把地抓过冰块来，刺激丹尼斯已经开始麻木的神经。在靠岸之前，迈克一直用力按着她的伤口，并把冰块放到她的脖子上，不时用冰块和手轻轻拍打她的脸颊。

丹尼斯觉得自己不行了，她没想到自己还能活下来。她知道，如果没有迈克，自己可能早就死了。迈克的双手一直紧紧地握着她的手，给了她无穷的信心和力量。

▶▶▶安全脱险

“毫无疑问，他是我心目中的英雄。我是说，他知道该做什么。和他在一条船上，我觉得真的很幸运，是他给了我第二次生命。”在迈克的正确救助下，丹尼斯终于脱离了危险，丹尼斯对迈克充满了感激。

载着丹尼斯的船风驰电掣地向岸边开去，四周的小岛、船只等迅速后退，可是迈克仍然感觉船开得太慢。他觉得自己就是在跟时间赛跑，跟死神在对抗，争夺丹尼斯的生命，这是一场不能失败的战争，丹尼斯的生死就握在自己的手上，他心急如焚，希望船可以开得快一点，再快一点。

▼生活恢复平静

靠岸之后，丹尼斯被迅速送往医院，医生迅速对丹尼斯受伤的肺部和横膈膜进行了治疗。通过医生拍的片子，可以清楚地看到丹尼斯受伤的情况确实非常严重。不过好在迈克采取的方法很正确，送医院又很及时，成功地为丹尼斯抢回了一条命。经过精心治疗，现在，丹尼斯已经痊愈，手臂功能也恢复了正常。除了手臂上的伤痕在提醒着曾经确实经历一场生死攸关的劫难外，一切似乎都跟以前没有什么不同。

当丹尼斯再次健康地在路上行走时，再次回忆那场噩梦般的遭遇，感觉简直是恍如隔世。毫无疑问，从那以后，迈克简直就是丹尼斯心目中的英雄。在丹尼斯眼中，迈克在危急的时候知道该做什么，以及如何正确地来做。当时和迈克在同一条船上，丹尼斯觉得真的很幸运，是他给了自己第二次生命。

经历过一次生死劫难，你就会觉得，这的确让人很难忘，简直太不可思议了。死里逃生的丹尼斯对家人充满了感激，对生活充满了感恩，她对这个世界更加热爱。

▼只有手臂上的伤痕提醒着这场劫难曾真实存在过

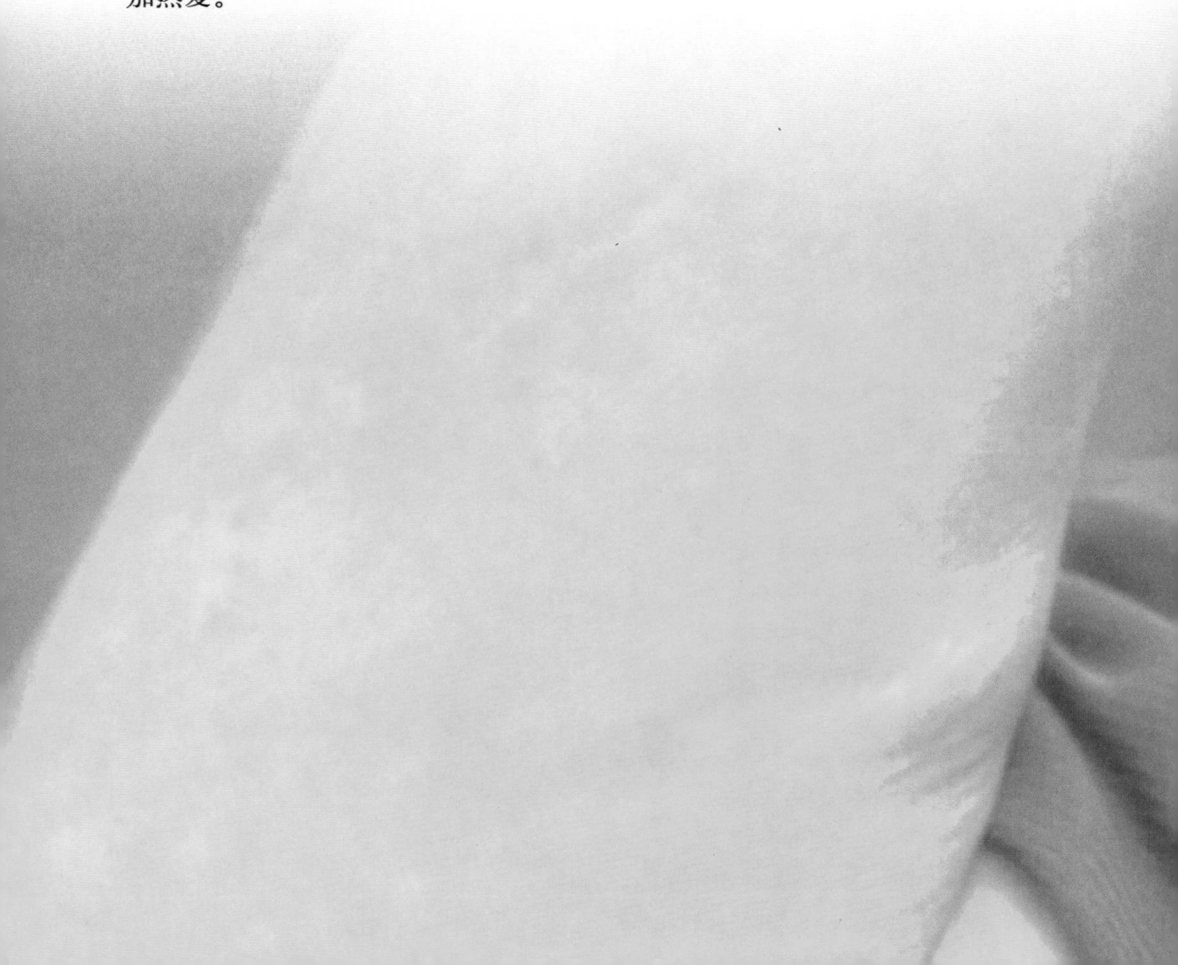

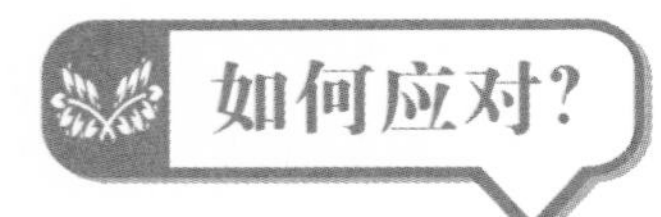

如何应对?

意外受伤是我们常常会遇到的情况，如果在第一时间采用正确方式，处理得当，将会为伤者减少痛苦，也为以后的抢救争取了时间。因此如果你不幸遇到与丹尼斯类似的意外伤害，你需要牢记以下这些急救常识，正确施救：

▼有时海洋生物带来的伤害可能是致命的

A. 遭遇枪鱼，你该如何应对?

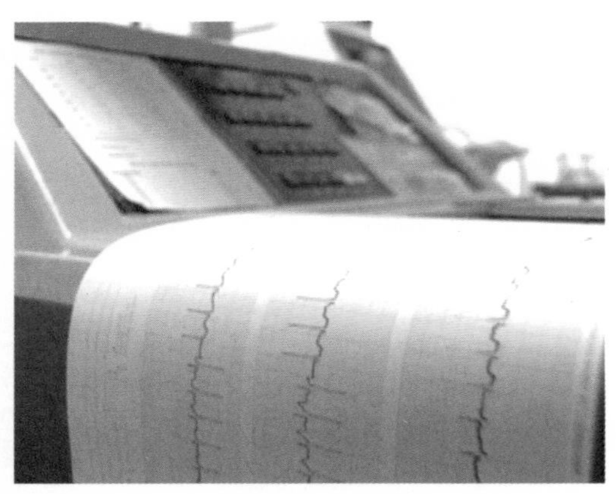

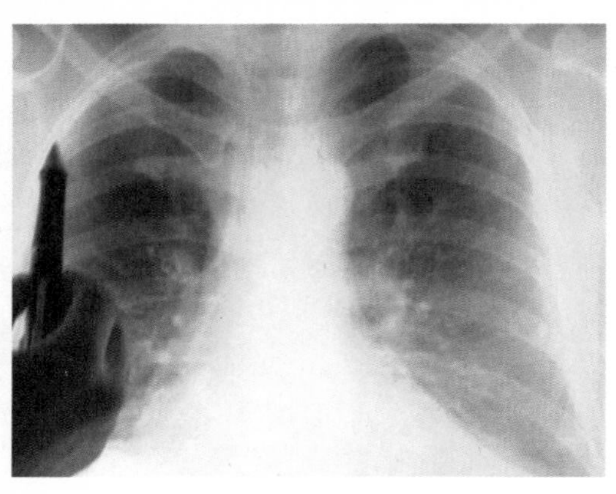

a．远离大型海洋动物。无论是枪鱼还是其他任何大型海洋动物，你都应该确保自己与它们保持安全距离，不要被它们可爱的外表迷惑。即便再温顺的动物，在感觉到生命受到威胁时，都可能会展开反击。保持安全的距离可以为你的生命安全提供保障。在这次事故中，重达300千克的枪鱼显然具备很强的攻击力，当它感觉自己有危险的时候，它先是一直在海面垂死挣扎，逃亡无效的情况下，毅然决定反击人类。沉浸在快乐中的丹尼斯忘记了保护自己这条最基本的守则。为意外受伤提供了客观契机。

b．运用自己可以掌控、正确的捕捞方式。对鱼类的捕获，应该运用有把握的正确方式，这也可以有

▲注意正确捕捞方式

效避免伤害的发生。钓鱼和捕捞显然还是有分别的，钓鱼可能更适合体形较小的鱼类，300 千克的大型海洋动物，用钓鱼的方式来捕获，显然是天方夜谭。迈克在收线时，也发现了这个问题，他本来已经做好准备，正在等着枪鱼滚进船舱，但当时也知道这的确很难办到，事实是这么大的鱼确实很难控制。所以遇到袭击事件时，他们对枪鱼也只能是束手无策，显然事态的发展已经超出了他们的控制范围。

c．尽量避免与大型海洋生物直接面对。与大型生物，包括鱼类直接面对时，显然会被它们理解为攻击行为，难保它们不会反击。丹尼斯一再与枪鱼直接面对，首先是对着枪鱼大喊大叫，然后又一直用摄像机追踪拍摄，当要将鱼拽上甲板的时候，她还用摄像机对准了鱼的眼睛。所有这些都对枪鱼造成了困扰，于是枪鱼发起了攻击。

B. 意外受伤，你该如何应对？

a．尽快止血。意外伤害中的大量失血是伤者致命的重

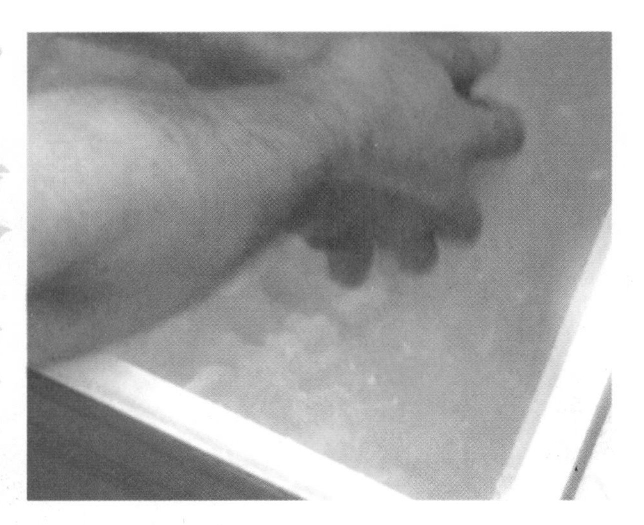
▲冰块可使伤者清醒

要原因。所以在伤害造成的第一时间，你首先应该做的就是尽快给伤者止血。外科医生科恩是治疗运动创伤和野外创伤的专家。他说，在这次事故中，是迈克的正确做法成功挽救了丹尼斯的生命。对于类似丹尼斯的这种贯通伤，你必须紧紧压住伤口。你可以用手，如果有毛巾、绷带或T恤衫的话，你也可以用这些东西来包扎伤口。迈克先是用手为丹尼斯用力止血，然后用一条长长的毛巾把伤口一层层地包扎起来，再用力按住，成功地为丹尼斯止血，为丹尼斯争取到了更多的时间和机会。

b．伤口处的东西不要随便拔出。这一点非常重要，需要特别注意。要知道在伤口处不管是木棒还是金属，如果不慎折断，拔出来只会使伤口失血变得更加严重。在这次事故中，枪鱼攻击完毕，从伤口处撤离，重新落入水中，也是丹尼斯伤口迅速大量失血的重要原因。

c．设法使伤者保持清醒。在失血过多的情况下，伤者一旦陷入昏迷，就可能会永久沉睡下去，再也无法醒来，因此，让伤者保持清醒非常重要。迈克采取了多种方法唤醒丹尼斯逐渐丧失的神智：他用大把的冰块放到丹尼斯的脖子上，用来刺激她已经有些麻木的神经，唤醒她的意识；在靠岸之前，迈克一直大声地喊着丹尼斯的名字，告诉她不要睡觉，要保持清醒；迈克不时用大桶的冰水来轻轻拍打丹尼斯的脸颊，让她保持清醒。这些方式都对丹尼斯保持清醒起到了积极作用，为丹尼斯重获生命提供了保障。

d．保持坚强的意志力。要尽量保持冷静，强烈的求生愿望是死神的克星。丹尼斯通过迈克一直紧紧地握着自己的双手感受到无穷的信心和力量。她知道迈克为了自己在跟时间赛跑，在跟死神争夺自己的生命，家人的努力和自己的坚持才是最终脱险的关键。记住，在这个世界上，最大的救星，就是你自己。

▼毛巾、绷带或 T 恤衫可用来包扎伤口

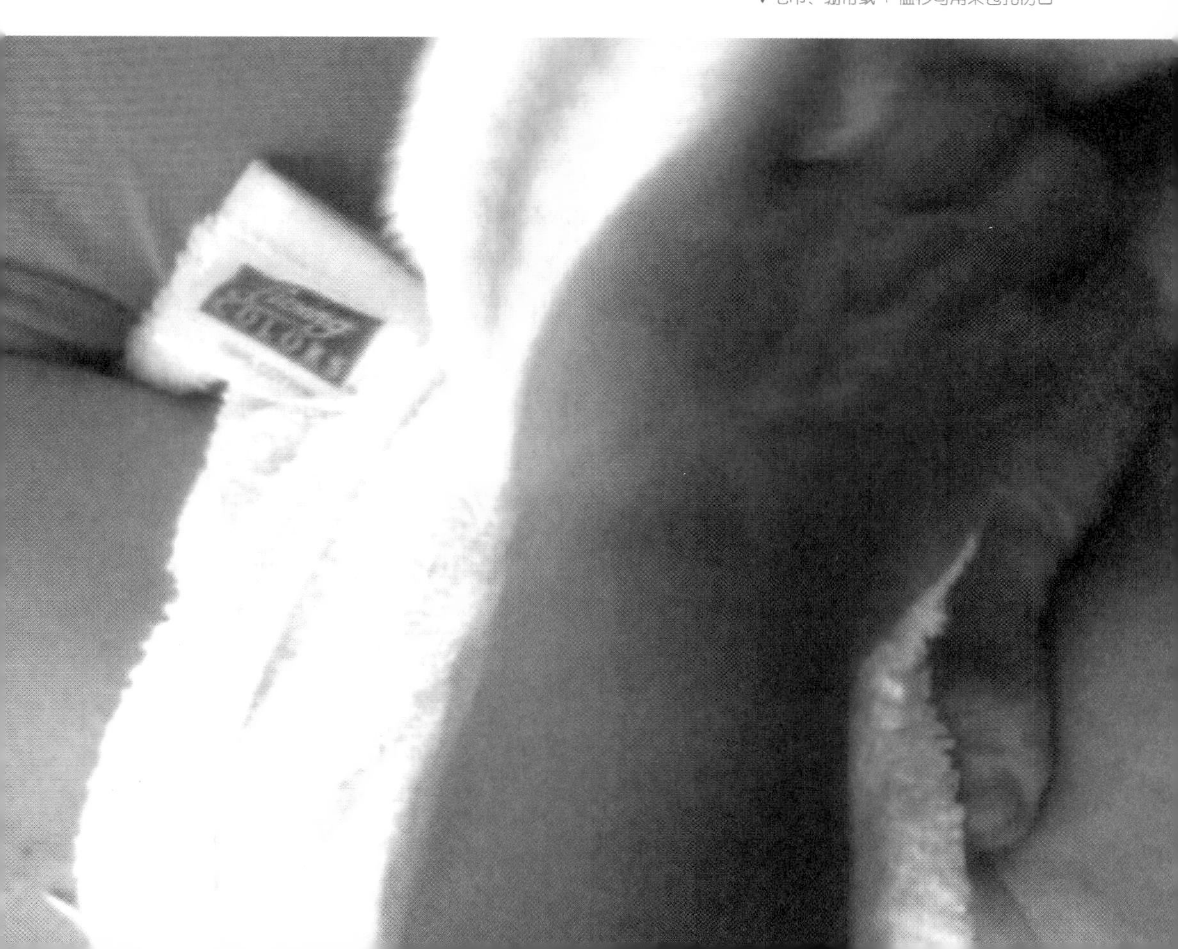

蛇口求生

引言

狗莫名其妙地狂叫起来，你想去看个究竟，结果被一条凶猛的毒蛇咬伤了。你该如何应对？

蛇的攻击速度非常快。被蛇咬伤也非常痛苦，先会出现肿胀，然后是疼痛、头晕眼花、浑身发冷、心率和血压迅速发生变化。我们不仅出门旅行要提防蛇，在自家后院也要小心提防。加利福尼亚的按摩师朱莉娅就是在自家院子被蛇咬后才明白这个道理。

►►►狗　叫

“戴兰！怎么回事？出了什么事？你为什么叫个不停？”不同寻常的狗叫引起了朱莉娅的好奇和猜疑，她带着满腹疑问推开房门来到院子……

2001年5月11日，这天是星期五，天气异常温暖。五月的阳光总是那么充满能量，在柔和的光线里，周围的一切都显得那么平静。

▼戴兰大声狂吠

中午时分，住在加利福尼亚州卡梅尔市的按摩师朱莉娅像往常一样准时回到家中。她刚刚结束了一上午紧张的按摩工作，身心俱疲。推开院门，花花草草在温暖的阳光下生机勃勃，这让朱莉娅禁不住小小地陶醉了一下，她甚至朝邻居家那条懒洋洋的大狗——戴兰送去了微笑。但下午的按摩工作还在等着她，她必须充分利用这短暂的午休时间让自己好好放松一下。于是朱莉娅简单地吃过午饭，整理了一下餐桌，然后换好衣服准备上床休息。

▲朱莉娅出门查看

然而朱莉娅刚坐到床边，还没来得及躺下，就听到邻居家一直很安静的戴兰大叫了起来。阳光下的平静瞬间被打破，想要好好休息的安排一下子变成了不现实的事情。戴兰叫得一声高过一声，其中似乎还夹杂着焦躁和恐惧。朱莉娅觉得很奇怪，她在这儿住了很长时间了，对邻居非常熟悉，对邻居家的这条温顺的大狗同样非常熟悉，在她印象中，戴兰是条有礼貌、不讨人嫌的狗。它平时并不喜欢狂叫，大部分时间都非常安静，没什么特殊情况它从不吭声，更别提像现在这样狂吠了。

是有坏人图谋不轨，还是有什么别的可疑情况？朱莉娅暗自揣测着，快步穿过客厅向院子走去。

▸▸▸被　咬

“这时我突然感觉脚被咬了一下。我往后一跳。有什么东西在我的双脚之间摆动，随后它又咬了我的另一条腿。我当时没想到那是一条蛇。”回想起被咬的情景，朱莉娅仍然惊魂未定。

朱莉娅满心疑惑地走进院子，突然腿部尖锐地痛了一下，紧接着又一下。惊魂未定的朱莉娅连忙查看：她简直不敢相信自己的眼睛，竟然有一条蛇！它看上去好像是一条响尾蛇，大约有两米长，很肥，几乎有2.5厘米宽。正是它两次突袭了朱莉娅。

这可不是闹着玩儿的。朱莉娅一下子意识到了问题的严重性，如果它真的是一条响尾蛇的话那么就有剧毒，被剧毒的响尾蛇咬了，而且咬了两次……

朱利娅壮着胆子弯了弯腰，想要拉近距离看得更清楚些。没想到这条蛇也很大胆，袭击过人之后并没有急着逃走的意思，也盯着朱莉娅看，双方互相对峙起来。

▼被蛇咬伤

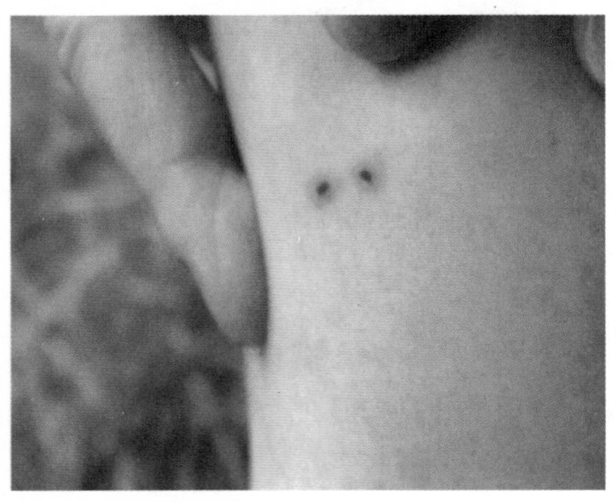

这条蛇的尾部有角质肢节，大约有小指那么长，这一细节让朱莉娅肯定了自己最初的判断：没错，这应该就是一条响尾蛇！尾部末端的角质环是蜕皮后的残存物，当遇到敌人或急剧活动时，角质环迅速摆动，就会长时间地发出响亮的声音，这正是响尾蛇得名的原因。

朱莉娅担心邻居家的狗也受到响尾蛇的袭击，她四处张望，想要找到一把铁铲把蛇先吓走再说，但还没等她采取行动，响尾蛇就迅速地消失在草丛里了。现在朱莉娅必须要立刻为自己的伤做点什么了：被蛇咬伤以后，大概过了30秒，她就感觉到毒素在自己身体里迅速蔓延了，同时她还感觉到肾上腺素也在明显地升高，这让她的心跳随之加快。

为了让身体内部保持平静，压制肾上腺素上升，朱莉娅开始试着缓慢移动，并试着做深呼吸。被蛇咬伤是非常严重的，更何况响尾蛇的毒是致命的，它会在人的身体内部造成巨大的破坏。

▲仔细查看是否为响尾蛇

时间一分一秒地过去，毒素正传遍朱莉娅的身体，现在全身都感觉到了蛇毒的入侵：嘴里尝到了铜味，双腿在慢慢肿胀。朱莉娅仍然能够维持站立的姿势，但不知道自己下一秒会不会突然晕倒。

更可怕的情形发生了：朱莉娅已经感觉到自己的判断力开始受到毒素影响了！

▶▶▶求　救

“毒素干扰了朱莉娅的判断。她没有呼叫911，而是联系了附近的急救队，想着他们可能会有抗蛇毒血清。”医生对朱莉娅求救的举动做出了合理解释。

朱莉娅必须尽快向外界发出求救信息！

现在朱莉娅已经很难保持站立姿态了，她抓起电话瘫坐在沙发上。由于判断力、神志都不再正常，面对电话根本不能集中精神，她甚至想不起来自己应该打 911。

茱莉娅花了很长时间查电话，过了很久才找到想要的号码——附近急救队的电话。

电话拨通了，接线员的答话声在电话的另一端响起，这让神志开始模糊的朱莉娅感觉有了一丝生气。她强打精神，告诉对方自己被一条响尾蛇咬了，打算自己开车去救助队注射抗蛇毒血清。但接线员很严肃地告诉朱莉娅，一定要待在原地别动，只有医院才有抗蛇毒血清。并且他警告朱莉娅说，她的情况非常严重，他们会马上派救护车过去帮她。

在结束同急救队的通话之后，朱莉娅决定继续尽量保持身体的平静，等待救护人员的到来。当然，她不想干等，她还想利用好这段等待的时间进行自我救助，毕竟她在参加女童子军的时候接受过这方面的训练。

朱莉娅决定先为自己止血。为了减慢血液的流动速度，她听从了接线员的建议，尽量放慢自己的动作。她小心翼翼地在屋内走动，寻找能够用来做止血带的物品，最终她找到了一根鞋带。这样，在救助人员到来之前，朱莉娅用鞋带为自己做成了原始的止血带。这一急救措施的成功实施在心理上给了朱莉娅不小的安慰。她不断鼓励自己要挺过去。

救护车刺耳的鸣笛声传过来时，朱莉娅拨通了男友的电话，但不巧的是男友刚好出去了，于是朱莉娅留言：

◀▶为自己止血

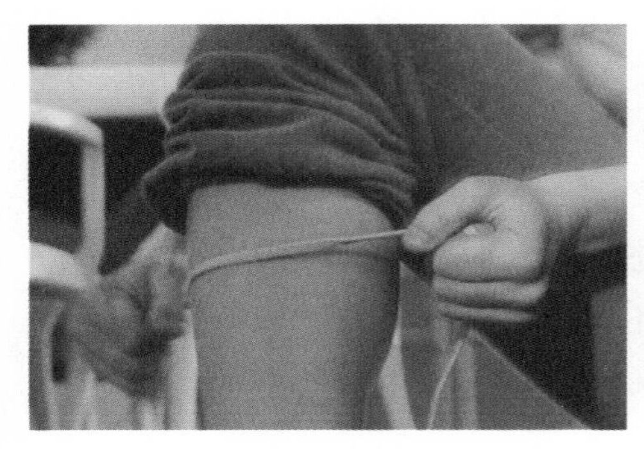

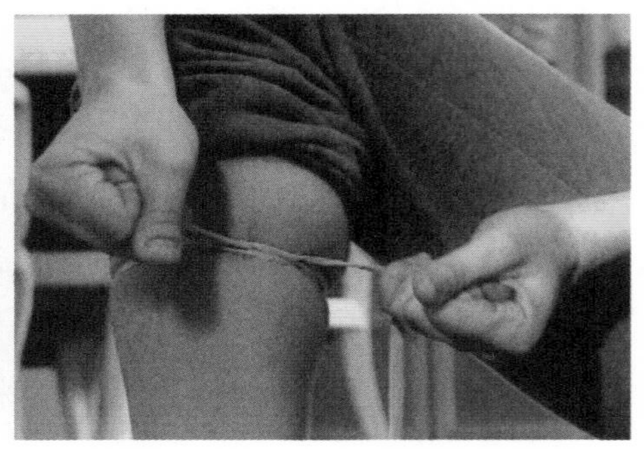

“嗨，布兰迪，是我。我被响尾蛇咬了，现在还好。我就要到医院去了。”几分钟后，她的男友布兰迪收到了留言。从留言中，布兰迪大致知道了朱莉娅出了什么事，但他并不知道当时朱莉娅的具体情况。留言里朱莉娅的陈述虽然听起来还好，但是她的声音是颤抖的，气息听上去也很微弱。这些都让布兰迪非常担心，各种可怕的画面开始在他的脑海出现。为了尽快知道朱莉娅的确切情况，他飞快地向医院赶去。

▲男友急匆匆赶往医院

►►►治　疗

15分钟后，朱莉娅被安全地送到了急诊室。医生开始进行治疗，布兰迪就陪在她身边。后来，医护人员对朱莉娅的勇敢做出了赞赏。

朱莉娅被紧急送到了医院。在上救护车之前朱莉娅特别注意保持下肢的伤口低于心脏位置，尽管如此，在布兰迪匆忙赶向医院时，致命的毒液仍然很迅速地入侵了朱莉娅的静脉。医生询问朱莉娅的感觉时，朱莉娅说她并没觉得疼，只是感觉到身体发生了一些奇异的变化。然而医生告诉她说，响尾蛇的毒液能让人的肺脏和心脏处于麻痹状态。如果治疗不及时，她的主要器官将会

▼紧急救护

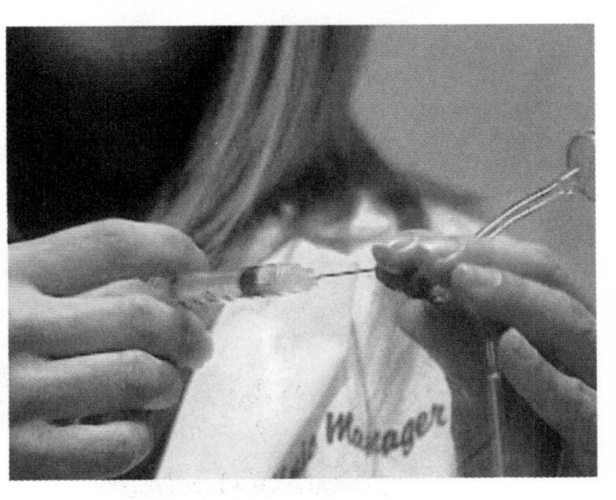

停止工作。

15 分钟后，朱莉娅被安全地送到了急诊室，医生开始为她进行治疗。布兰迪火速赶到了，他焦急地陪在朱莉娅的身边。此时的朱莉娅已经开始感觉非常不舒服了，她告诉布兰迪她感到有些疼。

朱莉娅对青霉素过敏，鉴于这种情况，医生不能百分之百确定朱莉娅对血清是否过敏，而一旦朱莉娅对血清过敏，注射血清对她来说将会变得非常危险。尽管等待的时间越长，朱莉娅的痛苦也会越大，但为了保险起见，医生还是给朱莉娅做了血清过敏实验。此时的朱莉娅全身肿胀，疼痛也让她越来越烦躁。守在一旁的布兰迪注意到，朱莉娅的两条腿已经肿得像两根很粗的柱子了。

经过了近一小时的实验，确认无过敏迹象后，医生给朱莉娅注射了两剂抗蛇毒血清，此时朱莉娅的双腿已经疼到了无法忍受的程度。尽管医生、护士和布兰迪一直鼓励朱莉娅说很快就会没事的，但朱莉娅的双腿依然没有停止肿胀。医生对他们解释说，如果腿肿得太粗太快，他们将不得不做手术，把小腿后面的皮肤割开，一直到脚踝底部，给腿的内部留出更多的肿胀空间。一想到可能要被割开双腿的皮肤，朱莉娅的内心充满了恐惧。

▼朱莉娅呼吸困难，全身肿胀

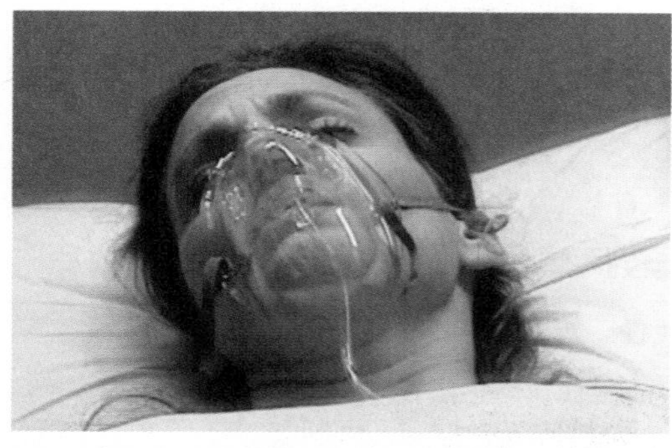

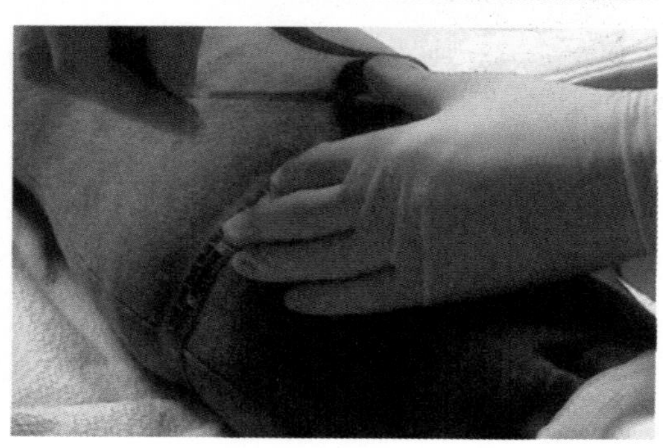

所幸的是，肿胀停止了，而朱莉娅也已经疼到了极点，布兰迪只好不断地为她打气。整整一夜的时间，细心的医护人员不间断地检查，如果再肿起来一点的话，他们就不

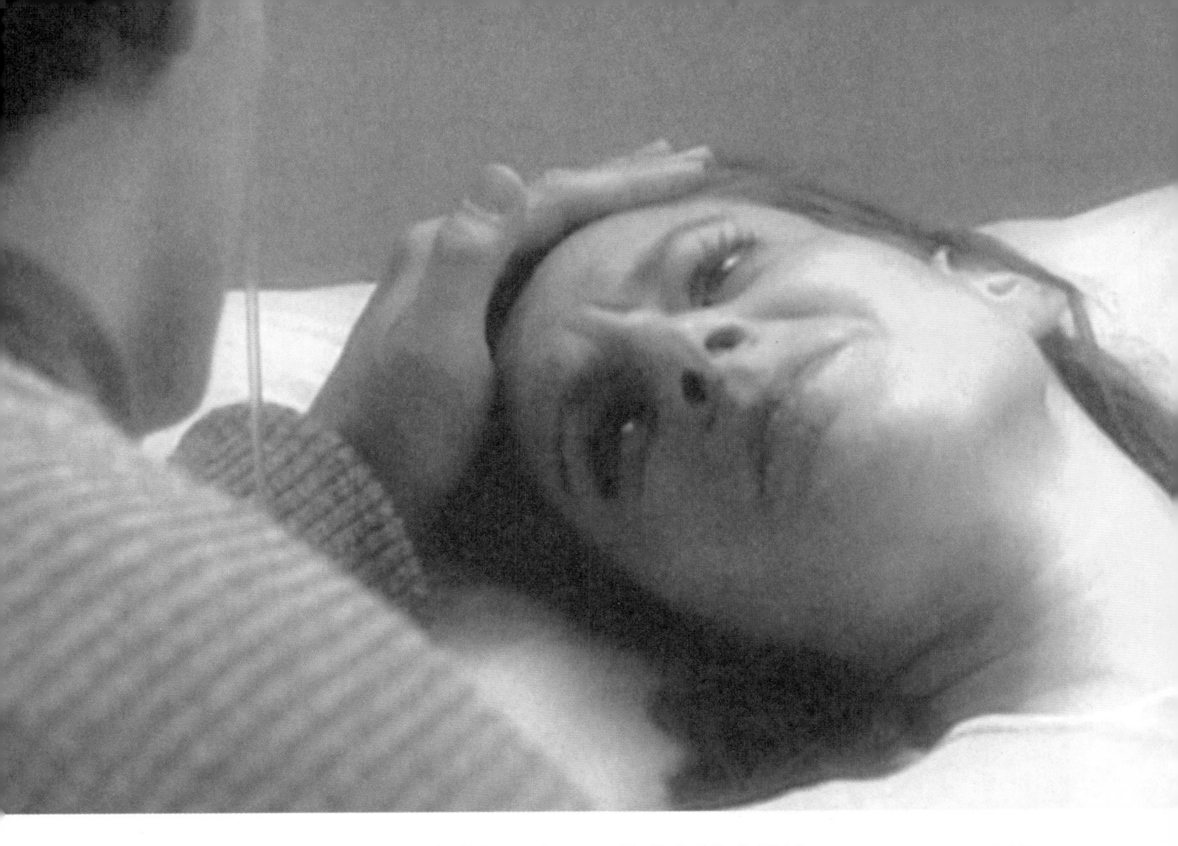

▲男友陪伴、鼓励茱莉娅

得不为她进行手术了。对朱莉娅而言，那将是与被响尾蛇咬伤一样的劫难，好在她畏惧的梦魇没有出现。

在医护人员的悉心治疗和布兰迪的全程鼓励下，朱莉娅安全地挺过了生死攸关的一夜。第二天一早，朱莉娅已经没有了疼痛感，她感觉自己的一切都恢复了正常。这意味着很快就可以出院了。

▶▶▶结 婚

“两个星期后，朱莉娅开始走路，不到一个月就完全康复了。她现在与布兰迪订了婚，尽管五月的那个早晨已经成为过去，朱莉娅永远都不会忘记这段经历。”主治医对朱莉娅全新的生活感到欣慰。

离开医院以后，朱莉娅在布兰迪的精心照顾下逐渐康复：

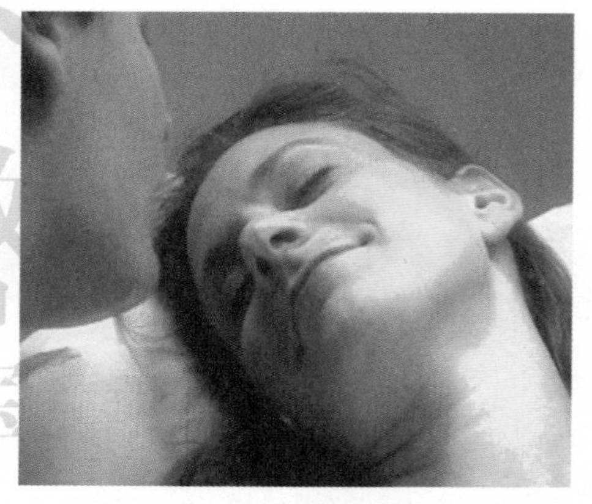

▲平静而幸福的生活

两个星期后，能够下地走路了；

不到一个月，完全康复了！

不久后，朱莉娅和体贴的布兰迪举行了隆重的订婚仪式，平静而幸福地生活着。

回忆起五月份的那次死亡之旅，朱莉娅依然很感慨，在她的记忆里那真的是一段非常痛苦的经历。她知道如果自己当时没有表现得那么沉着，或者没有保持足够的冷静，那么她真的可能已经离开人世了。

朱莉娅的经历的确非常危险。据统计，全世界每年约有 50000 人因毒蛇咬伤而死去。被蛇尤其是毒蛇咬伤是非常严重的事情，发生了这种情况一定要迅速寻求帮助。如果采取的处理方法科学合理，大部分的蛇咬死亡还是可以避免的——当然，最好的办法莫过于同蛇保持安全距离。

草丛、岩石等处都是蛇类惯于出没的地方，所以即使是在自家院落也应提高对蛇的防范意识，到野外活动时更是如此。经过此类地方时，一定要谨记：蛇是不会主动跟打招呼的，要保持足够的警惕，以防万一。要想避免你不会跟朱莉娅一样被蛇咬伤，甚至死于毒蛇之口，

下面的几种方法或许可以帮到你：

A. 听到反常的狗叫，如何应对？

a．要有应对意外的心理准备。异常的狗叫通常是狗在受到了不良因素的刺激之后产生的，很多自然因素、人为因素都可能对感官灵敏的狗产生一定刺激，从而致使它们反常地狂吠。所以听到狗叫异常，应在心理上做好抵御坏事情到来的准备。

b．做好自我防护。除狗之外，其他动物的异常行为通常也有对天灾人祸的预警作用。虽然动物对自然界的反应非常敏感，但并不是说有了异常行为就一定会接着发生诸如地震之类的大灾难。但发现动物有异常，则应当产生警觉心理，采取一定的自我保护举措，再及时进行查看。

B. 有蛇出没，如何应对？

a．避开蛇可能出没的地方。尽量不去可能有毒蛇的地方，不得不去时必须穿长靴、长袜，戴帽子，以防万一。

b．避开蛇喜欢的地方。响尾蛇是冷血动物，它们喜欢躺在温暖的岩石上，路过此类地方要高度警惕。

c．遇到蛇后悄然离开。如果人类没有对蛇构成威胁，蛇就不会发起攻击。因此，看到蛇的时候要慢慢后退，不要做出任何突然的举动，以免“打草惊蛇”。

d．不管蛇是死是活，都要和它保持距离。响尾蛇奇毒无比，足以将被咬之人置于死地，死后的响尾蛇体内仍有毒液，也同样危险，所以永远不要认为死掉的响尾蛇是安全的，一定要保持距离。

▼避开蛇可能出没的地方，遇到蛇悄悄躲开

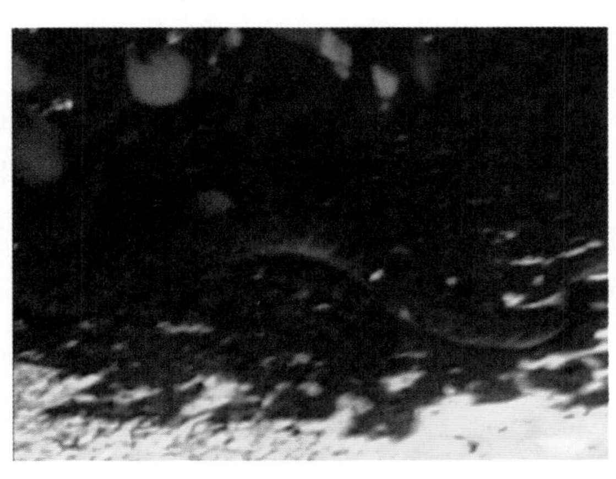

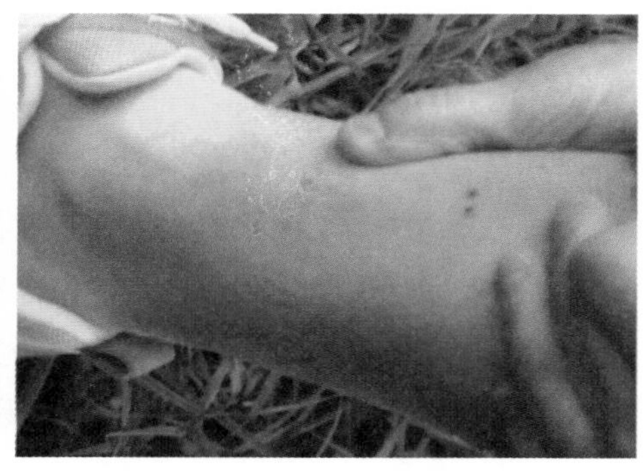

◀▶毒蛇的头一般是三角形的；蛇毒可通过咬伤进入身体

C. 被毒蛇咬伤，如何应对？

a．了解蛇的基本常识。要想在被蛇咬伤后做出正确及时的反应，首先需要在平时多了解一些蛇类的相关知识，对蛇的品种有个大致的了解，起码做到能够区分毒蛇和普通的无毒蛇，这样才能在处理蛇伤时有的放矢。毒蛇和无毒蛇的体征区别有：毒蛇的头一般是三角形的，口内有毒牙，牙根部有毒腺，能分泌毒液，一般情况下尾很短，并突然变细。无毒蛇头部是椭圆形，口内无毒牙，尾部是逐渐变细。虽可以这么辨别，但也有例外，不可掉以轻心。

b．及时消毒。普通的蛇咬伤只在人体伤处皮肤留下细小的齿痕，轻度刺痛，有的可起小水疱，无全身性反应。可用70％酒精消毒，外加纱布包扎，一般无不良后果。

毒蛇咬伤在伤处可留一对较深的齿痕，蛇毒进入组织并进入淋巴和血流，可引起严重的中毒，必须抓紧时间急救治疗。

c．紧急送医。如果确定是被毒蛇咬伤，要尽快寻求医疗救助。要抓紧时间，但不要慌张，过于兴奋会导致心率加快，使毒液更快传送到你的要害器官。曾经有一位妇女被毒蛇咬伤后，跑了800米来到邻居家，结果不幸身亡了。而加利福尼亚有位妇女在女儿被响尾蛇咬伤后，让女儿笔直地站在那里，一动不动，直到救护车赶来。女儿几周后就康复了健康。所以被毒蛇咬伤之后一定要尽量保持身体的平静，不要做大量运动。

d．让伤口位置低于心脏。一定要保持镇定，不要惊慌。朱莉娅被毒蛇咬伤后的做法很聪明，她没有惊慌失措引起心跳加快，并且知道要让伤口保持在低于心脏的位置。这也是每个人都应具备的常识。

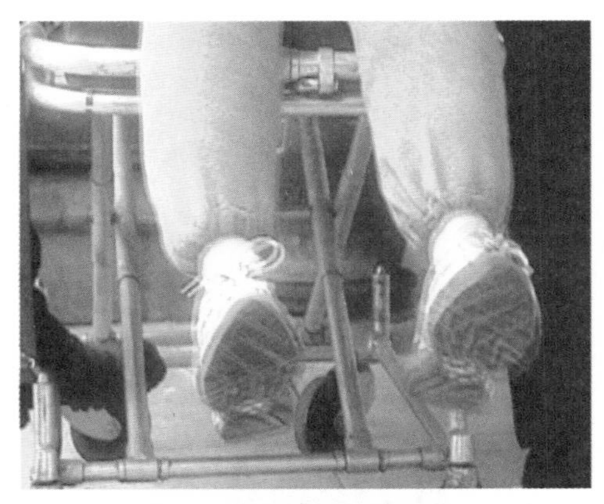

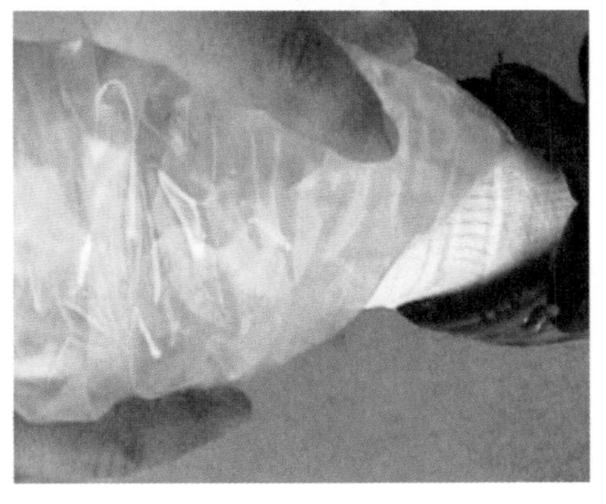

▲让伤口低于心脏；用布织绷带包扎伤口

e. 正确处理伤口。不要企图以系紧伤口的方式来止血。朱莉娅用鞋带止血的做法并不正确。止血带会杀死皮肤和肌肉组织，迫使毒液聚集在一个区域引起局部组织死亡。更恐怖的是止血带一旦拿开，积聚起来的毒素会迅速进入心脏导致心脏病突发。所以如果被毒蛇咬伤而不能尽快到达医院，可以用布织绷带包住伤口。这样既能减缓毒液传播，又能允许血液适量流动。

f．保持良好心态。遇事沉着冷静和不懈的自我救助是朱莉娅遭受剧毒响尾蛇袭击后成功生还的关键因素。所以一旦被蛇咬伤，不论情况看上去有多么糟糕，也不论自己遭受的肉体痛苦有多大，都不要抓狂和绝望，要冷静再冷静。毫无疑问，朱莉娅正是凭借着良好的心态和强烈的求生愿望成功挺过危险期，最终获得全面康复的。要知道，如果你不能保持冷静，那么蛇毒也不会在你的身体内部保持冷静！

被蛇咬伤自救

不要盲目采用偏方。许多针对毒蛇咬伤的民间疗法都是错误的，包括我们原来都认同的事情，有些做法非常危险。那么吸出毒液的方法是不是适用呢？

鹿制造的离奇车祸

引言

你正在高速公路上行驶，路边有一只鹿突然撞向你的汽车，并撞碎了挡风玻璃。一个孩子受了伤，不停地流血，而你的手机没有信号，无法求助，这时，你该如何应对？

作为司机，在路上行驶的时候，难免会遇到一些意料之外的状况。你除了要留意其他车辆，对鹿也要敬而远之。吉斯勒一家很不幸地碰到了一起由鹿制造的离奇车祸——他们被一头近100千克的大雄鹿撞坏了汽车，3个孩子中还有1个受了重伤，流血不止……

▶▶▶车　祸

“当时，我们的车正在行驶，根本没看到一头鹿从路沟里钻了出来。它一头撞到了车的中间位置，然后我们就听到车窗碎裂的声音。它撞到了车中间，而麦肯奇刚好坐在那儿。” 一场突如其来的车祸让吉斯勒一家顿时手足无措。

▼开车外出的一家人

让人满怀期盼的圣诞节就要到来了，人们都沉浸在热烈的节日气氛中，为了准备一个特别的圣诞节而忙碌着。星期天上午，吉斯勒一家五口全体出动，准备进行圣诞节采购。每年这个时候，孩子们都很高兴，因为可以买到各种各样的圣诞礼物，吉斯勒家的孩子们当然也不例外。现在这一家人开车上了平时经常走的高速公路——281

公路。这个幸福的大家庭分工明确：丈夫盖瑞开车，妻子凯莉坐在旁边，3 个女儿坐在后座上——麦肯奇坐在爸爸的身后，尚在襁褓中的迈迪逊位于中间，艾丽森则坐在右边，两个大点的孩子已经学会照顾小娃娃了。

凯莉不时与盖瑞交谈着，沉浸在快乐中的吉斯勒一家根本就没有意识到，这个时候，危险正在一步步向他们靠近——一头鹿突然从路沟里蹿了出来。一切都发生得太快太突然，快得让所有人来不及有所反应，这只鹿已经一头撞到了车的中间位置，凯莉与盖瑞只听到车窗碎裂的声音，然后就是孩子们的尖叫。

▶▶▶受　伤

“当我把一些碎玻璃从迈肯奇的头上拿走，这时我才看到她头上有一个大伤口。伤口大约有10厘米长，看上去伤得很重。”在这起离奇车祸中，迈肯奇不幸成了受害者。

▼车祸发生

盖瑞一感觉到撞击，就马上透过后视镜观察情况，他看到一头鹿倒在了车旁。这是一头身长、身高都有 1.8 米的雄鹿，重量超过了90千克。它在撞到汽车之前，正以大概每小时 64.4 千米的速度奔跑，因为速度太快，整个车窗玻璃都被它给撞碎了。

▲迈肯奇受伤了

这头鹿撞到的是车的中间位置，而迈肯奇刚好坐在那儿，她一下子用手抱住了头，但剧烈的疼痛还是把她吓坏了，大声地哭叫起来。

母亲凯莉焦急地呼唤着迈肯奇的名字，父亲盖瑞则马上把车停靠在路边，他当时只有一个念头，就是希望自己的女儿迈肯奇没有受到太大的伤害。当盖瑞把碎玻璃从迈肯奇头上清理干净时，她的伤口本来已经不流血了，但不知道为什么，突然血又流出来了。无助的父亲真害怕自己的宝贝女儿会因失血过多而死，他试图用手压住迈肯奇的伤口，以减缓她的失血速度，但显然效果并不明显。

母亲凯莉忧心忡忡地安慰着受到惊吓的孩子们，她有更深一层的担心，她担心迈肯奇的脑袋里面有出血情况。但作为母亲，凯莉知道自己必须冷静。迈肯奇还是个孩子，凯莉必须保证自己不能先乱了阵脚，否则迈肯奇受到自己情绪的影响，一定会更害怕，那样的话，形势将更难控制。

►►►求　援

“当时，我非常害怕，因为始终没有人停下来帮我

们。我担心时间拖得太久了。”几次求援无果，盖瑞和凯莉越来越焦急。

看到女儿的伤势严重，盖瑞知道他们必须尽快送迈肯奇去医院。但是这起车祸已经使汽车严重受损，根本无法启动。于是，凯莉决定拨打 911 求助，但他们所处的地段比较偏僻，手机信号太弱，以致无法通话。凯莉懊恼地把手机合上再打开，但无论怎么折腾，手机就是打不出去。于是，盖瑞决定寻求更简便的帮助。他站在车旁，不停地向过路车辆摆手，但是有好几辆车从他们身边经过，都没有停下来的意思。

可能是因为那头鹿正好躺在路中间，人们才会绕道经过，有些人甚至根本没有减速。另外，他们当时也并没有把迈肯奇抬到车外，路过的人根本不可能知道他们需要帮助，而误以为盖瑞挥手只是让他们绕开那只鹿而已。

始终没有人停下来帮助他们，这让盖瑞相当害怕，

▼手机没信号

他担心时间拖得太久了，不知道迈肯奇能不能坚持住。

凯莉继续安慰不停哭泣的孩子们，不时站到路上帮盖瑞拦车。她觉得自己当时早已被吓傻了，有好几次她都在想，这是真的吗？还是自己在做梦？

▼丹妮尔赶来帮助

“我调头回去其实完全是出于一种本能，我想看看有没有人受伤，他们需不需要帮助。你知道，车子严重受损的话就没法开了。”丹妮尔的热心相助使迈肯奇终于有望脱离险境。

21 岁的丹妮尔在开车返回学校途中正好目睹了这起由鹿制造的事故。她看到那头鹿横穿马路撞到了汽车上，一刹那，她仿佛觉得一切都好像慢了下来，当时的情景使她终身难忘。丹妮尔调头回去完全是出于本能，她只是想看看那辆不幸汽车里的人需不需要帮助。

当她驱车快走到吉斯勒一家跟前时，发现他们一直在挥手，特别是脸上的表情是那么焦急无助，丹妮尔意识到他们可能有麻烦，于是决定看个究竟，“一切还好吗？”

盖瑞当时的表情就像刚刚见到了鬼一样，丹妮尔不知道什么事让他这样害怕，以致于对自己的问话毫无反应。得不到回复的丹妮尔只好自己查看究竟。她刚刚下车往盖瑞的车前走了两步，就明白发生了什么事。丹妮尔转身跑向自己的汽车后备箱——车上刚好带着洗好的衣物，她拿了几条毛巾，然后迅速跑到凯莉身边，把毛巾和衣物递过去，凯莉手脚麻利地用毛巾按住迈肯奇受伤的头部，以减缓出血的速度。

凯莉清楚地记得丹妮尔说过，任何人有事，她都会停下车帮忙。每次想到丹妮尔对自己一家的帮助，想到丹妮尔一脸关切地把毛巾递到自己手里的情景，凯莉都会发自内心地感谢，她希望丹妮尔能知道，自己是多么感激她。

接下来丹尼尔开车送凯莉和迈肯奇到医院，盖瑞则负责留下来照顾另外两个孩子。

▶▶▶送 医

“我抱着迈肯奇上了她的车，而且我一直用毛巾捂着她的头以减少流血。”在丹妮尔的帮助下，迈肯奇得到了及时救治。

丹妮尔一边专注地开车，希望能尽快把凯莉母女送到医院，一边不时观察迈肯奇的情况。凯莉已经冷静下来，这种镇定让丹妮尔非常佩服。如果换作是自己的孩子，

▼时间就是生命

▲巡警赶来接应

她还真不知道自己能不能做到像凯莉那样冷静。

在赶往医院途中，凯莉尽量让迈肯奇保持清醒。她轻轻地摇动着女儿小小的身体，轻声呼唤着："宝贝，醒醒，别睡。"迈肯奇本来一直在哭，后来才平静了一点，但慢慢地，她几乎要睡着了。凯莉很担心，她必须让迈肯奇保持清醒。因此她不停地拍打着迈肯奇的手臂，轻轻地摇晃着她的肩膀，呼唤着她的名字。开车的丹妮尔也有同样的担忧，她担心迈肯奇要是真的睡着了，很可能就会陷入长时间的昏迷，甚至失去生命。

幸好，丹妮尔很快就把车开到了一座山顶，接着凯莉发现手机有信号了，立即拨打了 911。这时的迈肯奇静静地靠在母亲怀里，已经接近昏迷。凯莉通过电话告诉救援人员：需要一个人到高速公路上给自己带路。15 分钟后，凯莉透过车窗远远看到了前来接应的救兵——赶来的是一名巡警，他负责将凯莉母女送到医院。

当凯莉抱着迈肯奇上了巡警的车，并且通过车窗回头向外望时，看见丹尼尔仍旧扶着车门站在那里，满脸关切地目送自己和迈肯奇离开。凯莉知道，这件事对丹尼尔来说，肯定有不小的触动，同时凯莉也知道，自己永远都不会忘记丹尼尔的帮助。

而对丹尼尔来说，她也同样无法忘却这段经历。因为她和凯莉一家一起经历了这次不平凡的事件。

▶▶▶脱　险

“每天能和迈肯奇在一起真的非常幸福。她非常可爱，而且很讨人喜欢。我们真的很幸运。”得到及时救治的迈肯奇终于恢复了健康。

盖瑞随后赶到了医院。医生说明了诊断结果：从脑部扫描的片子上可以看到，迈肯奇的颅骨被鹿角刺穿，出现了严重骨折。医生认为必须马上给她进行神经外科手术。

▼医生确定受伤部位，进行神经外科手术

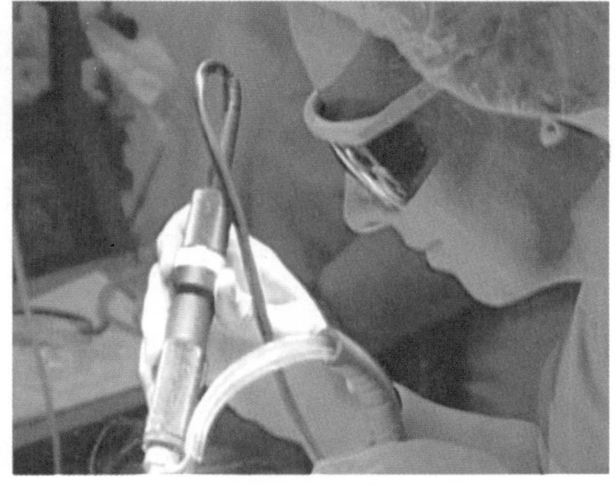

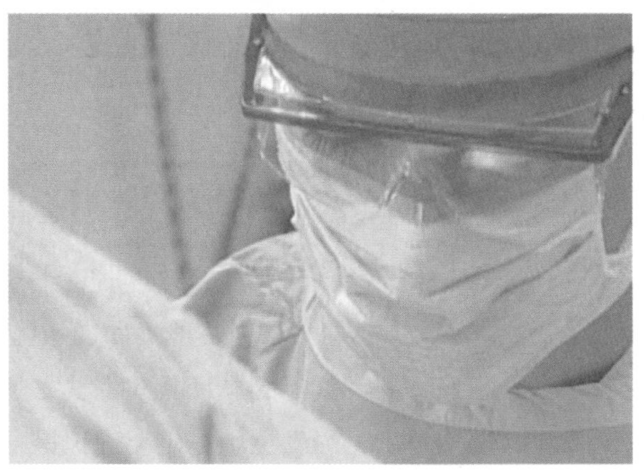

迈肯奇的伤势并不像外表看起来那么轻，不是简单在头上缝几针就可以了。年轻的父母接受了这个事实，他们一直紧张地等待着手术结果。

手术进行得很顺利。在接受脑部手术之后，迈肯奇一直处于昏迷状态，但数天后，她就顺利出院并逐渐康复了。

当盖瑞和凯莉再次环绕着迈肯奇，看她可爱地做着调皮的小动作时，他们更加无法忘却曾经是陌生人却无私出手相助的丹尼尔。盖瑞说自己非常感激丹尼尔，要不是她停下来，并牺牲了一

▲一家人渐渐淡忘了可怕的经历

天的时间来帮助自己一家，他真不知道结果会怎样。在盖瑞眼中，丹尼尔就是自己一家人的救星，他们真的很幸运。

如今，吉斯勒一家已经逐渐走出了那段可怕的经历，他们希望自己的故事可以让更多的人知道：能够健康快乐地生活，是件多么幸福的事情；能够在他人危难是出手相处，是种多么崇高的精神。

如何应对？

开车的时候，难免会出现一些意外情况。好多看似偶然的车祸其实有其必然的因素。因此，要想避免意外的发生，一定要谨记保持注意力的集中与限制车速，这是安全行车的首要条件。如果你不幸跟吉斯勒一家一样，

开车的时候因与鹿或是其他相撞而发生了车祸，下面的几种方法或许可以帮到你：

A. 道路附近有鹿出现，你该如何应对？

a．时刻保持警惕。如果你在开车时看到鹿，这个时候千万要当心，因为鹿很少单独行动，附近很可能有它的同伴。盖瑞一家因为在开车时没有注意到可能会遇到鹿这种情况，才在毫无防范之下出现意外。

b．不要影响鹿的活动。如果在夜晚开车遇到鹿，要注意车灯会对鹿产生影响。如果车灯给鹿的行动造成了困扰，你可以先关上车灯再打开，这样可以使鹿的眼睛适应车灯的亮光，降低或防止影响到鹿的行动。一定不要用大灯朝鹿晃，以为可以达到驱赶鹿的目的，事实可能适得其反，会给你带来不必要的麻烦。牢记这些细节，关键时刻，它们可能会使你免受伤害。

c．避开鹿群活跃时间。清晨和下午是鹿比较活跃的时间，所以这时候开车必须格外小心，任何失误都可能演变成生死之间的挣扎。盖瑞开车出行的时间恰恰是上午，这个时间正是鹿出没时间。吉斯勒一家正是对这些常识的忽视，使其陷入突如其来的险境中。

d．利用驱逐工具。有一种方法是利用一种电动声波发生器。它可以发出声波提醒鹿有人来了，而且只要装在车前

▼小心鹿出没

面就行，它的价格从 60 ~ 70 美元不等。另外，你不用担心它一直变成噪音，因为你在车里根本听不到。据生产商介绍，这种装置在汽配商店都能买到，而且它可以使车鹿相撞事故减少 70%。相信它绝对会让你获益匪浅。

B. 发生车祸后，你该如何应对?

a．保持头脑冷静。如果不幸发生车祸，首先要保持绝对的镇定。冷静的大脑不仅可以应对各种情况的发生，及时准确做出判断与处理，还可以给身边的人带来勇气、信心以及安全感。凯莉与盖瑞面对这起离奇的车祸时，凯莉的表现就相当冷静，使身边的孩子们没有出现更大的慌乱，对受伤的迈肯奇的情绪也起到了稳定作用。如果一味地手忙脚乱，只会对受伤的迈肯奇造成更大的二次伤害。

b．检查伤害程度。车祸发生后，要确认人和车的伤

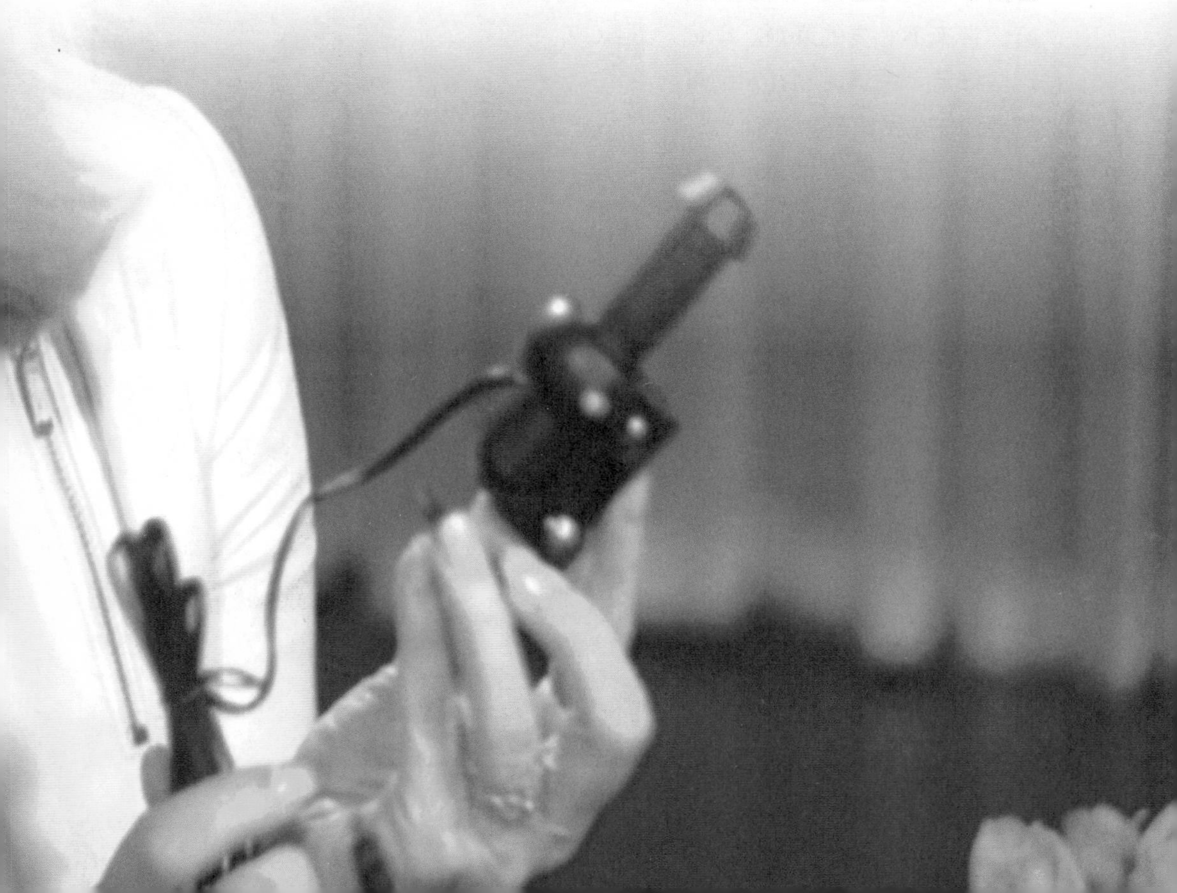

▼驱逐工具充分利用了电波原理

害程度。首先要检查的就是人员有没有伤亡，在确保人身安全的情况下，及时检查车辆受损情况，然后根据车辆损坏情况再做下一步的决定。盖瑞夫妇因为车辆受损严重无法启动，只能借助过路车辆的帮忙——这些情况的确定，对下一步的行动进行非常重要。

▲夜间避免开车灯对鹿造成干扰，白天避开鹿活跃时间

c．提醒其他车辆注意安全。车祸发生后，要在汽车附近及时、正确地摆放警示标志，提醒过往车辆注意安全，并迅速报警求援。盖瑞没有用明显的标志来提醒，但是过往车辆却因为倒地的鹿而自发地绕路而行，而盖瑞的胡乱挥手也被误认为是在提醒大家绕行。不过在后来的求救过程中，凯莉冷静地向 911 求援，并能清楚地说明情况，为救助争取了时间和机会。

d．用正确方式求救。需要过往车辆帮忙时，应准确地使用救助手势，而不应该像盖瑞一样，只是一味地挥手，使人们不能准确地明白他挥手的真正用意，对迈肯奇的救助造成人为的时间上的延误。如果实在没有其他方式，抱着受伤的孩子让人看到，也是向人求助的方法之一。可惜，他们没有把迈肯奇抬出车外，过往车辆根本不可能知道他们需要帮助，白白错失许多机会，如果不是丹尼尔够细心，

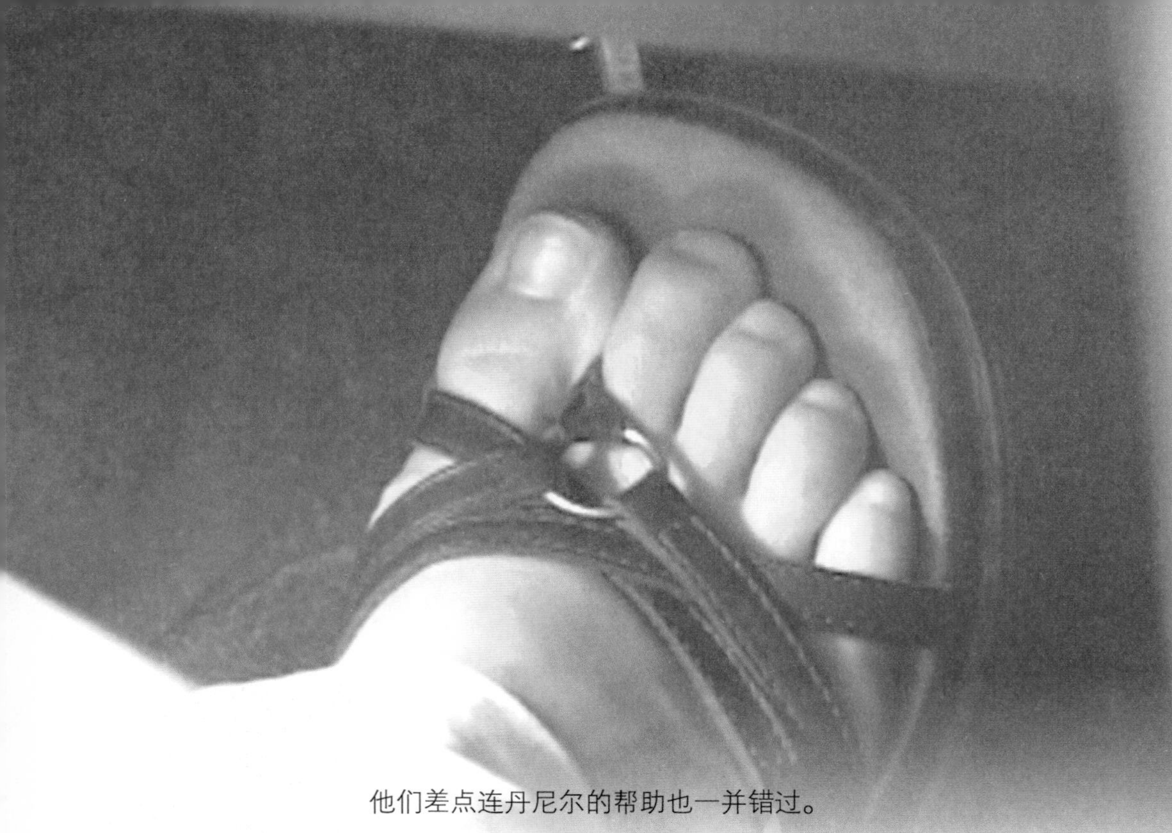

他们差点连丹尼尔的帮助也一并错过。

▲意外发生时不要慌乱

C. 在车祸中受伤，你该如何应对？

a．不要轻举妄动。如果发生车祸后你受了伤，在不了解自己伤势的情况下，尤其是头部、颈部、各骨头关节等关键部位时，千万不能轻举妄动，而应该尽快使用通讯设备寻求帮助，并原地等待求援。

b．进行简单包扎。在救援人员未赶到的情况下，你可以自行进行必要的止血工作。使用毛巾、布条、衣物等对伤口进行简单地包扎，用手按压住流血部位，都可以减缓流血的速度，防止失血过多造成休克。丹尼尔和凯莉用毛巾给迈肯奇止血的做法完全正确。

c．节省体力，保存精力。不要做过多对自己毫无帮助又浪费体力的行为。比如过分激动、大哭大闹、情绪失控等等，因为此时耗费体力等于自杀。在救援队伍赶到之前，也许你还要面对许多未知的情况，体力要尽量保存。受伤的迈肯奇受到惊吓之后，过度害怕紧张，情绪一直很激动，在送到医院前消耗了许多体力，最后在送医途中出现了体力不支、昏昏欲睡的情况。这一方面跟她的伤势严重、失血过多有关，另一方面，也是因为之前她消耗了太多的精力和体力所致。

d．保存体力的同时也要保持清醒。车祸之后的惊恐与受伤之后失血过多，容易使你意识模糊。如果获救前陷入昏迷对自己的获救将十分不利。也许你觉得自己只是有点困，睡一会儿没什么大不了的，那你就大错特错了。受伤之后的沉睡也许会导致长时间的昏迷，甚至失去生命。因此，意外发生后，一定要努力使自己保持清醒。凯莉一直在呼唤女儿，让想要昏睡的迈肯奇保持清醒，这种做法非常正确。

▲求救方式要正确

e．保持求生的信念。最后这点十分重要——信念常常是决定一个人生死的关键。只有抱着必胜的信念才可以帮你走出困境。相信自己一定会获救，相信自己可以战胜困难，相信一切很快就会过去，相信胜利已经在不远处向你挥手，相信健康和幸福将重新属于你。

蜘蛛蜇人

引言

你突然被一只蜘蛛蜇了一下，虽然你当时感觉到手上的刺痛，但你对此并没在意，可是接下来你的手和胳膊开始发黑，甚至严重影响到你的身体，你该如何应对？

毋庸置疑，蜘蛛和蛇一样，有时会给你带来噩梦般的经历，甚至将你置于死地。住在伊利诺伊斯州中部的塔米正是因为没有意识到蜘蛛蜇伤的危害，差点搭上性命。在被蜘蛛蜇后的几天里，塔米忍受着钻心的疼痛，而医生对此也一无所知，这更让塔米陷入未知的恐惧中无法自拔……

▶▶▶意外受伤

“我突然感觉手上传来一阵刺痛，就好像有一根刺扎进我的食指一样！”塔米在朋友家装饰圣诞树时，意外受伤。

▼塔米和朋友一起高兴地装饰圣诞树

塔米住在伊利诺伊斯州中部，褐皮花蛛在当地非常罕见，但塔米根本不会想到，自己会跟这个叫做“褐皮花蛛”的小东西扯上什么关系。

圣诞节前夕的一天，塔米到朋友家帮忙装饰一棵圣诞树。兴高采烈的塔米和朋友一起，正把一件件的小饰品挂到圣诞树上，突然，塔米感觉右手手指传来一阵刺痛，就好像有一根刺扎进食指一样。塔米急忙缩回手，仔细看了下疼痛的手指，朋友也用关

切的目光注视着她。可惜的是，塔米没看出来是怎么回事，她无论如何也没有想到，这小小的疏忽会给她日后的生活带来了巨大的麻烦。

第二天早上，从睡梦中醒来的塔米感觉到自己的手指酸痛，她查看疼痛的食指，发现上面长了些像疹子一样充满液体的水疱，发红，并有刺痛感，看上去就像得了栗粒疹一样。这时候，塔米仍然没有意识到问题的严重性。

▲被蜘蛛蜇伤

事实上，塔米的麻烦才刚刚开始。

第三天早上，情况严重了。塔米惊恐地发现，疹子更大了，颜色也从白色变成了黑色，而且疼得很厉害。塔米有些惊慌，她把手指让丈夫看。塔米的丈夫很惊异，显然，他也不清楚是怎么回事。

▼夫妻二人惊恐地查看伤情

►►►症状蔓延

“我的手指周围出现了许多伤口，而且开始向全身蔓延。我的上半身也出现了和手一样的症状。”塔米开始惊慌不安了。

症状越来越重，胳膊上开始出现一些红色的条纹。塔米

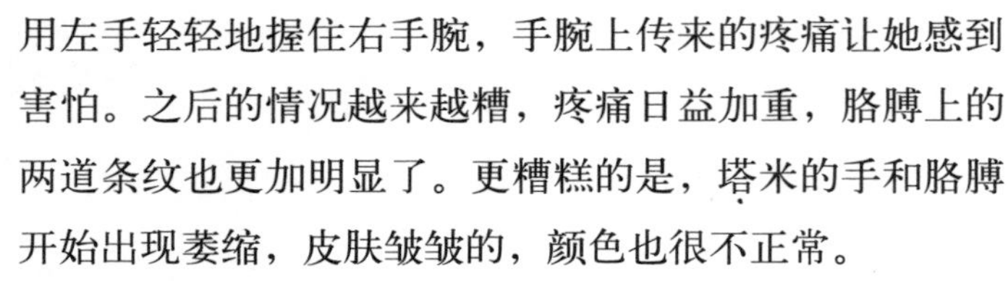

用左手轻轻地握住右手腕，手腕上传来的疼痛让她感到害怕。之后的情况越来越糟，疼痛日益加重，胳膊上的两道条纹也更加明显了。更糟糕的是，塔米的手和胳膊开始出现萎缩，皮肤皱皱的，颜色也很不正常。

▼手和胳膊出现萎缩，甚至无法拿东西了

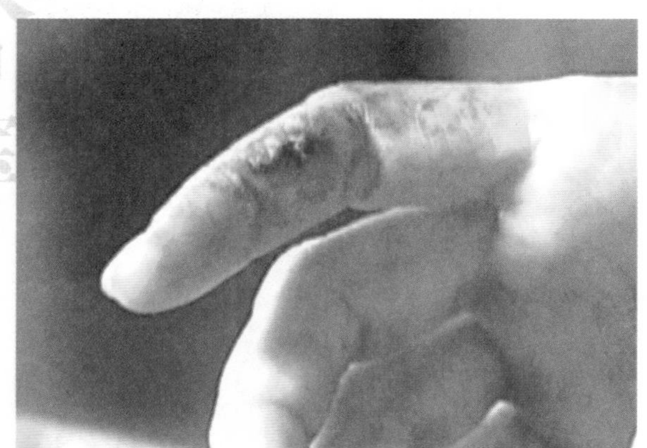

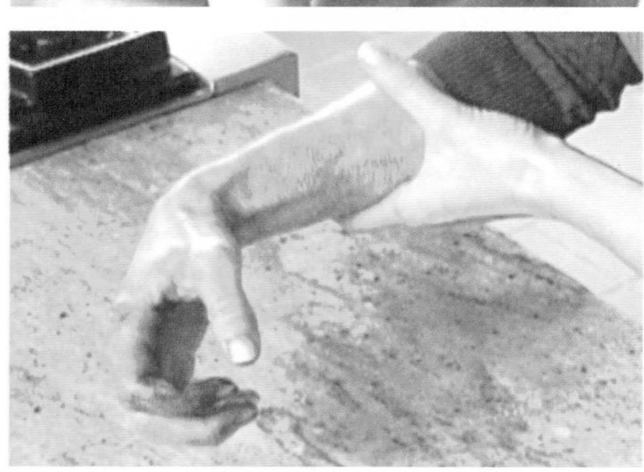

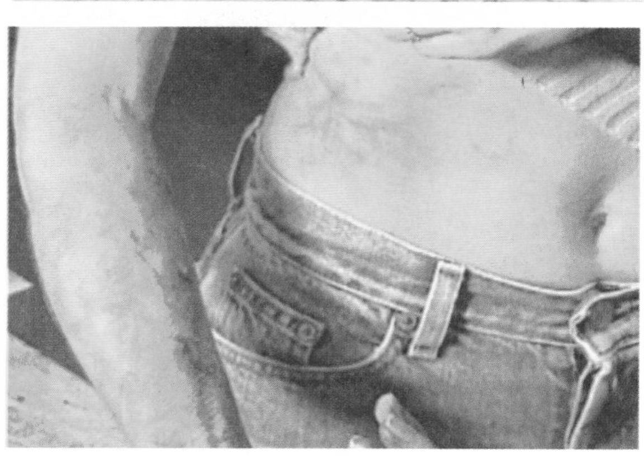

恐怖的事情还在后面：塔米的手和胳膊的功能开始退化：刚开始时，只是手指不听使唤，然后就是整只手无法完成指令，再接着是整条胳膊——塔米已经无法用手拿东西了。

可怜的塔米用左手抚摸着右手手臂，看着因为皱成一团的皮肤，看着只能无力地蜷缩着、已经有些弯曲变形的右手手指，看着那发黑的已经快认不出原来样子的胳膊，欲哭无泪。

因为没有及时诊治，现在，塔米不得不忍受疼痛的折磨。那种钻心的疼痛，没有切身感受的人是无法想象的。除了疼痛，更让塔米备受折磨的是症状仍在四处蔓延，身体的其他器官也开始受到影响了：手指周围出现了许多伤口，向全身扩张着，掀开上衣，连腹部也有类似的条纹和皮肤收缩情况——

现在，上半身同手出现一样的症状了！

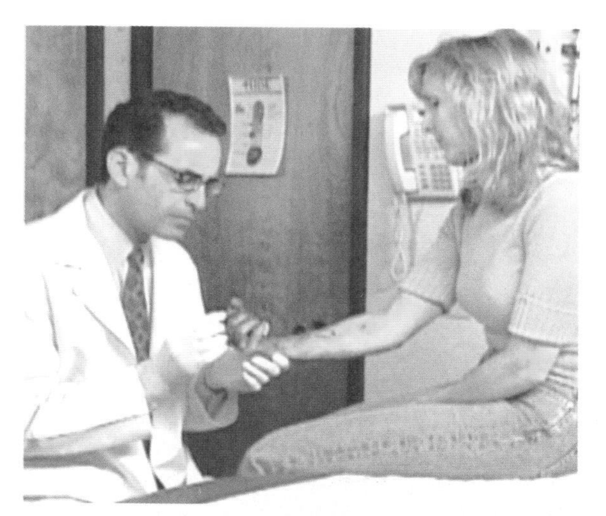

▶▶▶病因不明

“我从没见过这种情况。”医生也无法判断塔米的病因，这更加深了塔米的恐惧。

疼痛难忍的塔米再也不能抱着无所谓的态度了，三天后塔米开始求助于医生。但是，医生的答复让塔米惊恐万分：他们根本不知道病情的起因！在仔细研究过塔米的伤口后，医生满脸歉意地对充满期待的塔米说，从未见过这种情况。

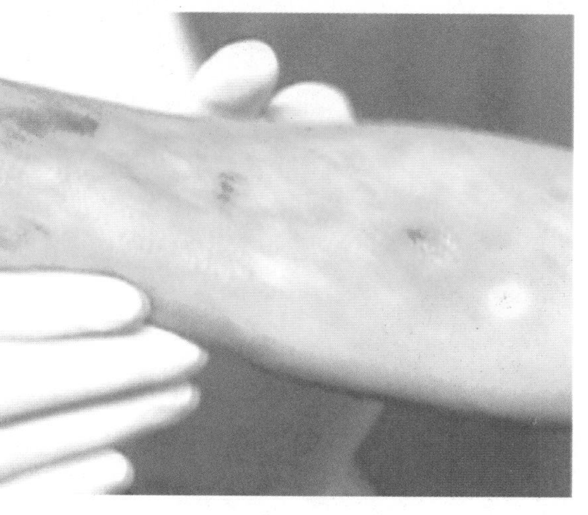

▲ 见多识广的医生也找不出病因

可怜的塔米尽可能详细地向医生描述着自己的手如何动不了，手指也变得如何不听使唤了。但医生只是困惑地看着那些奇怪的伤口，研究性地逐一仔细观察，除了表示同情外，根本无能为力。

绝望的塔米深陷在未知的恐惧中无法自拔，她呆呆地望着自己的胳膊，一想到自己可能会失去一条手臂，就觉得那根本就是世界末日！如果真是那样的话，她将不得不改变多年的习惯，不得不学会用左手来料理自己下半生的生活。仅仅是想象，已经足以使塔米的情绪沮丧到了极点。

►►►找出病因

“信不信由你，这是蜘蛛咬的。”虽然这个结论听起来有些怪异，但塔米终于从整形外科医生那里了解到了怪病的起因。

陷入绝境的塔米听从医生的劝告，到整形外科医生那里寻求帮助。幸运的是，这次，塔米找到了解救措施和病情答案。整形外科医生在查过了许多资料并一再对照塔米的症状后，给出了结论：这是蜘蛛咬的。

▼整形外科医生对照症状后认定是被蜘蛛咬伤

医生详细询问塔米在家里是否发现过褐皮花蛛，并说只有褐皮花蛛才能造成这种伤害——因为塔米所表现出的症状和他以前治疗过的类似病例的症状完全相同。

塔米对褐皮花蛛毫无概念，她在记忆里努力搜索着，但始终也没有想起家里有过蜘蛛出没。随着医生不断提问，询问她是不是在树木或者树林周围待过。塔米终于将在几天前曾经帮朋友装饰圣诞树的情形与手臂的伤痕挂上了钩。

找到线索后，医生马上肯定地说，这就是褐皮花蛛所为。塔米回忆当时的情景，应当是自己在挂饰物的时候，手无意间触碰到褐皮花蛛，然后褐皮花蛛在手指上狠狠地咬了一口——可恶的褐皮花蛛当时一定是藏身在圣诞树上面！她简直不敢相信，自己居然会因为这种小东西忍受这么大的痛苦。

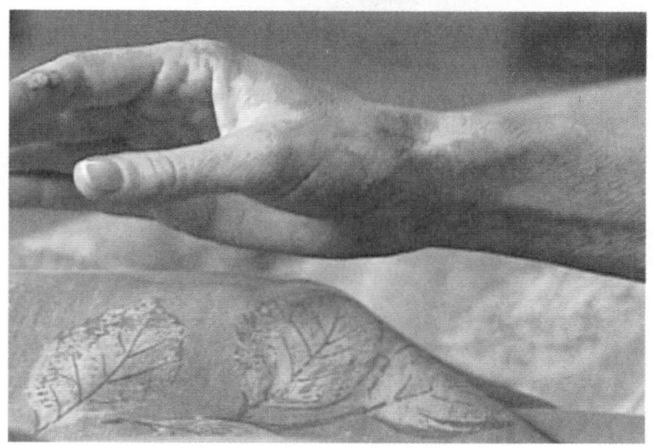

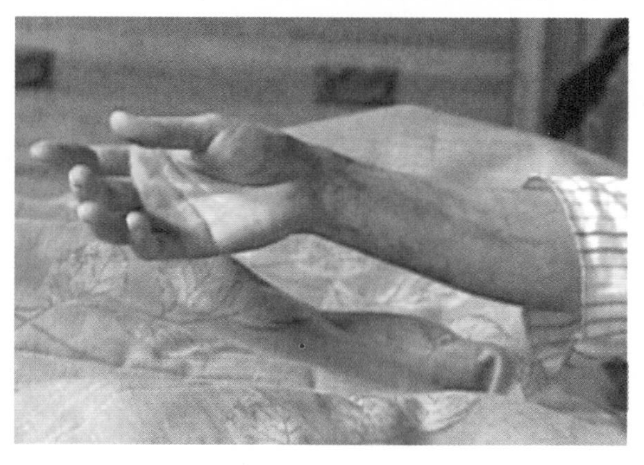

▲明显好转

▶▶▶病情减轻

“48个小时后，我身上的所有症状都没有再继续恶化。治疗效果很好，我一下子轻松多了。”塔米终于有望摆脱疼痛的困扰，重新恢复正常生活。

一直困扰塔米的谜团终于解开了，塔米不再为病情的一无所知而恐惧。经验丰富的医生开了一种抗感染的类固醇药物，此时的塔米能做的，就是不停地对医生说“谢谢”。

回家后的塔米密切关注自己的病情变化。48小时后，塔米惊喜地发现，自己身上的所有症状都没有再继续恶化。

▲塔米手上的皮肤自这次灾难之后变薄了

这表明药物很对症，治疗效果很好。丈夫惊喜地查看着曾经可怕的伤口：手和胳膊的颜色已经恢复正常，皮肤也不再是皱巴巴的，手指已经能够活动，不再是可怕地蜷缩着了，虽然还没有完全恢复正常，但很明显病情已经得到了控制。塔米与丈夫终于松了口气，多日不见的笑容重新回到了两人的脸上。

►►►吸取教训

“我手上的皮肤变薄了。现在，只要稍微刮蹭一下或者磕一下，它就会出血，而且很容易出现淤伤。”这次伤害给塔米的生活带来了不小的影响。

现在的塔米外表看起来与常人无异，当她安静地凝视窗外的风景的时候，你从她的脸上已经看不出这次经历给她带来的任何痕迹。但是事实上，这次受伤已经严重影响了塔米的身体：塔米手上的皮肤变薄了。现在，只要稍微蹭一下或者磕一下，它就会出血，而且很容易出现淤伤。即便是在厨房，打个鸡蛋之类的小动作，都可能给塔米带来麻烦。所以，她现在必须非常小心，要避免手和其他物体的磕碰。

当塔米平静地再次叙述她的故事的时候，你已经很难把眼前这个再正常不过的她与事发时惶恐无助的她联系起来了。经过这次事件，塔米做事更是加倍小心。因为差点失去健康，所以才会懂得珍惜健康的可贵。成功摆脱病魔纠缠的塔米希望能通过自己的经历，为更多有类似情况发生的人提供些经验和教训，让大家懂得，健康可贵，我们应该珍惜现在虽然看起来平淡无奇，但其实是来之不易的健康生活。

如何应对?

▼圣诞树上可能隐藏蜘蛛

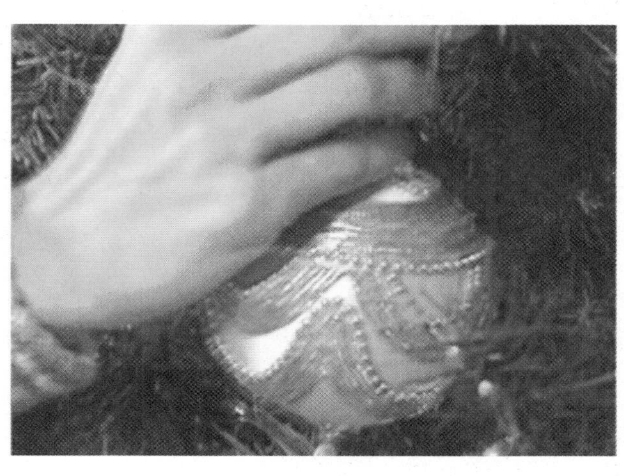

被毒蜘蛛咬伤后，一定要头脑冷静，迅速在第一时间做出正确的处理，这可以为你以后的救治争取时间和机会。虽然大多数蜘蛛是无毒无害的，但万一你不幸

遇到跟塔米一样的情况，谨记下面的几种方法，应该能帮到你：

A. 被毒蜘蛛咬伤，你该如何应对？

a．尽可能远离毒蜘蛛可能存在的地方。在你的生活区域内，尽可能地远离蜘蛛的地盘。如在这次事件中，褐皮花蛛喜欢藏身于阁楼或者黑暗的角落中，而且主要分布在美国的中南部地区。按褐皮花蛛的这种生活习性，住在伊利诺伊斯州中部的塔米本来不应该与它遭遇，可惜，藏身在圣诞树上的褐皮花蛛被送到了很不走运的塔米身边，缺乏这方面自我保护意识的塔米无意中冒犯了它，于是，本来不可能相遇的褐皮花蛛与塔米就这样奇迹般地遭遇了。

▼毒蜘蛛身上通常有可识别的标记

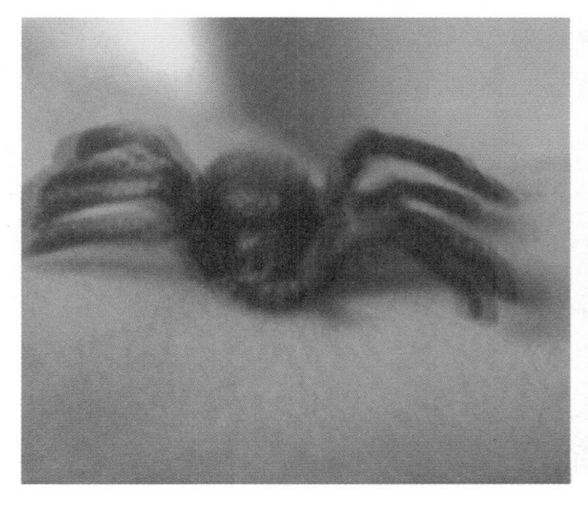

◀▶不同类型的蜘蛛

b．尽快确定致伤原因。一般的蜘蛛咬伤仅可引起局部疼痛、发炎或坏死，毒性不大，不会有更大危险，但你不可以因此就掉以轻心。被蜘蛛咬伤后，你如果感觉到轻微疼痛，伤口处有轻微的烧灼感，没有什么太明显的感觉，可能就会忽视这种伤害。但无论如何，只要你受伤，就一定不要大意。塔米最大的错误就在于太轻视这种小小的刺痛，只是简单看看没有明显异样，就放任不管了，这无疑延误了救治时间。

c．尽早找到“凶手”。如有可能，要想尽办法捕捉到并鉴定侵犯你的蜘蛛，这对以后的病情诊断会有决定性的帮助。如果塔米够细心，在被咬后及时找到咬自己的褐皮花蛛，她就不必忍受之后那么多的痛楚了。事实上，房间内大多数的蜘蛛都不存在危险，毒蜘蛛的身上通常有可识别的标记。像褐皮花蛛的背部就有一个独特的小提琴形图案，而在腹部标有红色或橘黄色沙漏样标记的可认定为黑寡妇蛛——你至少应该知道一两种最常见的毒蜘蛛的明显特征。当你不确定为毒蛛咬伤的情况时，则应考虑别的诊断。这种“排除法”可以为正确救助节省宝贵时间。

d．尽量保持头脑清醒。医生指出，在受伤后，伤者必须保持冷静，因为恐慌会加速血液循环，从而使毒液扩散得更快。头脑冷静的最大好处是，可以正确判断自己的危险程度。塔米在发现自己受伤后，一直处于害怕、焦虑的不良情绪中，很明显，这种情绪除了让情况更糟糕外，对病情恢复毫无帮助。

B. 毒性发作，你该如何应对？

a．及时处理，尽早清洗伤口。一旦被毒蜘蛛咬伤，你必须尽快用凉肥皂水洗净伤口，然后压住受伤部位，以防毒液进一步扩散。塔米被咬后，虽然明显地感觉到疼痛，但却没有采取任何防护措施，这无疑是一个重大失误。如果她能简单冲洗，即便不彻底消毒，至少也可以减缓毒性发作的时间。

▼你应该至少认识一两种毒蛛

b．就地取材，做简单外敷。接下来，你要给伤口做冷外敷以减轻疼痛，同时也可以起到延缓毒性发作的作用。如果条件允许，你可以用冰块——冰块应包起来以免皮肤冻伤；实在没有别的东西，你可以用袋装冰牛奶、冰饮料甚至冷毛巾等随手可用的东西来替代，不管是不是专业用品，最重要是要采取防护措施，这样可以降低毒液向全身扩散的速度。

c．酌情处理，根据伤口颜色和疼痛轻重来判断伤害程度。被褐皮花蛛咬伤后，伤口通常呈现出红、白、蓝三色。一般来说，刚刚被咬伤时，伤口处通常是红色，也有一些伤口

▲冷静对病情有帮助

因为组织损坏而表现为白色。当毒液损害更加严重时，皮肤就会变成蓝色，甚至变黑。咬伤后会出现局部疼痛，被咬部位出现红斑和淤斑及瘙痒，还会发生全身瘙痒。伤口部位形成水泡，水泡周围会呈现不规则的淤斑或枪靶样病变，类似“牛眼”;中央的水泡逐渐变大，水泡内充满血液，然后破裂形成溃疡，溃疡上形成一层焦痂，最后焦痂脱落留下一大片组织缺损，可深达肌肉。此外，疼痛可能很剧烈并累及整个受伤区域。塔米刚刚被咬时，伤口处小疹子一样的东西只是发红，这时病情还很轻，如果及时医治，很容易恢复，可惜塔米并没有给予足够的重视，才使伤口处进一步恶化，变黑，而疼痛的感觉也越来越重，直至疼痛难忍。

d．及早就医，接受专业人士的救助。不管你受伤的情况如何，都应该及早到医院接受救治，把处理的方式交给专业的医务人士，这才是最明智的选择。塔米如果一开始

▲可用袋装冰牛奶、冰饮料甚至冷毛巾等物品来简单外敷

就去医院，结果可能会大不相同，但她在病情已经非常严重的情况下才想起去找医生，使自己白白忍受太多的痛苦，还留下难以愈合的伤痛。不过幸好塔米遇到了一个有经验的医生，用抗感染的类固醇药物波尼松使她摆脱了恐惧。塔米的惨痛教训告诉我们，如果被蜘蛛蜇伤的话，赶快去医院接受治疗，而且要认真对待，找一个经验丰富、了解类似病情的医生为你诊治，这对你能否痊愈至关重要。

C. 清除蜘蛛，你该如何应对？

a．保持居住环境卫生，对蜘蛛经常出没的角落用扫把、鸡毛掸子等把蜘蛛的网破坏掉，清除以后一定要经常打扫卫生，确保蜘蛛无法在此生存。

b．可以选择对人畜低毒的三氯杀螨醇或毒性很低的石灰水喷洒地面和角落，过几天再扫除掉。也可以使用农药，但一定要注意浓度，保证安全。

c．可以用秸秆等物在蜘蛛经常出没的地方扎成一捆，诱导它们钻进去栖息，然后集中处理。

d．可以焚烧艾叶、蚊香等驱避蜘蛛。

▲打扫卫生，尽可能切断蜘蛛食物来源

e．另外，清除蜘蛛的方法之一就是切断它们的食物来源。你可以安装几个普通的黄色灯泡在晚上驱赶小虫，而晚上也正是蜘蛛外出捕食的时间。没有了小虫，蜘蛛自然会另寻出路了。

蜂群攻击幸存法

如果你招惹了蜜蜂，很容易受到蜂群攻击。不要小看它们的实力，严重的话可以导致人死亡。那么如何才能让自己和家人免受蜂群攻击?

海上漂流

引言

你的船在海上遇难，你乘着救生筏在海上漂流。可是你既没有食物也没有水，而且无法求救，同时还随时有可能遭遇到海洋生物的攻击，你非常害怕，无助。这时，你该如何应对？

海上航行可能会遇到各种情况，在远离海岸和人群的大海上，你要为每种可能遇到的危险做足准备。珍妮特的男友尼克用生命的沉重代价，让我们明白这个血的教训。当时的珍妮特和尼克在海上漂流了十几天，生命垂危……

▶▶▶出海遇险

“海面平静得就好像一面镜子，一丝波纹都没有。景色非常漂亮。这正是我想要的，天气也异常晴朗，实际上，我们都玩得非常开心。”珍妮特和尼克在海上尽情享受自己的开心旅行。

珍妮特的生活一直很完美。她的男朋友尼克是个航海迷，他要珍妮特和他一起从百慕大前往

◀▶绳子意外卷进了螺旋桨

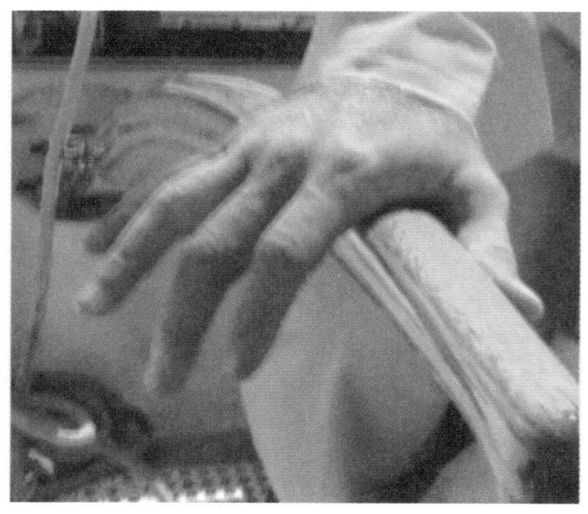

长岛，航行需要七天。珍妮特很崇拜尼克，他喜欢冒险，总是在不断挑战自己。他身上的很多优点是珍妮特非常欣赏的，她希望自己也能像尼克那样。于是，她决定跟尼克一起体验航海旅行的乐趣。只是，珍妮特没有想到，这个决定会改变她的生活轨迹，她更不知道，这次旅行，对她来说意味着什么。

开始几天确实如珍妮特所愿，她和尼克在船上饱览大海风光，尽情享受着自己的开心之旅。但从第四天起，情况起了变化。风刮了起来。珍妮特上了甲板，发现船开始进水了，一根绳子卷进了螺旋桨。珍妮特和尼克都没有想到，这小小的意外对他们来说，竟然是致命的灾难。

尼克要求珍妮特掌好舵，重新发动引擎，把绳子弄出来；而他自己则设法让抽水泵重新运作起来，尽快把水抽出去。但当他打开发动机之后，意想不到的情况发生了——绳子滑到了齿轮里。尼克尽量用力地往外拽绳子，可绳子没出来，却把船上的一些零件给拽掉了。尼克有些着急，更加用力地想把绳子拽出来，结果可想而知：所有的零件都散了架。更要命的是，因为零件缺失，船壳上出现了一个很大的洞，水开始灌进来。甲板上的水越来越多，船随时都有沉没的危险。珍妮特发现了一

▲向救生筏转移

个更为糟糕的情况，那就是，船上没有无线电，尼克不能发求救信息。

最后他们决定弃船逃生。珍妮特协助尼克放下了救生筏，然后在尼克的指挥下，他们立刻忙乱起来，开始准备救生设备。没有多少航海经验的珍妮特不知道应该准备些什么逃生用具。尼克随手抓了救生衣扔到救生筏上，然后自己也下到救生筏上。珍妮特拿出了苏打水，之前他们还抓了一条金枪鱼，珍妮特觉得他们在逃生时可以吃些生的金枪鱼，此外还有一些咸饼干和半加仑水。珍妮特尽可能快地找到这些东西，递给尼克放到救生筏上，然后珍妮特从已经快要沉没的船上跳到救生筏上，暂时脱离了险境。匆忙之中，他们忘了带盛放救生焰火的包。他们当时根本没有意识到，这个疏忽为他们以后的漂流带来的，将是无法挽回的损失。

▼尼克向过往船只发求救信号

▸▸▸求救失败

“海平面上有很多船只，但是距离都很远。我们希望它们能开过来，但是它们没有。”几次求救失败，珍妮特和尼克再次陷入困境。

水流非常湍急，只用了大约5～10分钟的时间，珍妮特和尼克就被冲到了离船很远的地方。惊魂未定的两个人躺在救生筏上，为自己可以及时脱险庆幸不已。后来他们才意识到，自己居然没带救生焰火，但是此时他们已经根本没法回去了。

起初，珍妮特和尼克都深信很

快就能获救，尼克信心满满地表示，自己曾经多次遇到危险情况，都可以化险为夷，让珍妮特不用担心。珍妮特当然很相信尼克，他有那么丰富的航海经验，这种情况对他来说应该不过是小菜一碟。然而事实证明，尼克和珍妮特的信心都需要接受考验。

海平面上有很多船只，但是距离都很远。看着那些船只，尼克很有信心能够获得救助。每次远远地看到有船只经过，尼克就兴奋地翻身站起，尽量保持身体平衡，然后用力挥动橘红色的救生衣，拼命向着船的方向叫喊："这边！嗨！这边！"但船只距离他们的救生筏太远了，很显然没能发现尼克的求救信号，船开走了。虽然沮丧在所难免，但尼克仍然相信还会有船过来救他们。第二天，他又无数次尝试着发出求救信号，每次看到船只的影子，他们都热切地盼望着，希望这些船只能开过来，但是它们没有。

▲无休止的海上漂流

▸▸▸遭遇鲨鱼

"这时，我发现一条鲨鱼开始围着我们的救生筏打转。它绕了一圈又一圈，非常吓人，异常恐怖，我们非常害怕它会把救生筏撞翻。"珍妮特和尼特惊恐地盯着鲨鱼，吓得几乎忘记了呼吸。

到了第三天，珍妮特开始感到绝望。她意识到，他们可能得要在一个月甚至更长时间以后才能获救。珍妮特不敢设想，他们可能遇到什么样的情况，更让她没有想到的是，危险其实已经近在咫尺——他们当时所处的海域中，竟然有鲨鱼出没。

在平静的海面下，鲨鱼这种海洋中的庞然大物发现了珍妮特和尼克的救生筏。它显然对救生筏这个小东西很好奇，于是，鲨鱼开始向救生筏游去。与此同时，在救生筏上的珍妮特惊恐地发现，一条鲨鱼在围着他们的救生筏打转。这个庞然大物在救生筏边上绕了一圈又一圈，非常吓人，异常恐怖。与它比起来，救生筏显得非常小巧，珍妮特和尼克更是显得异常渺小。尼克吓得坐直了身子，紧张地盯着海面，一动不敢动；珍妮特也屏住呼吸，死死地盯住鲨鱼，心里非常害怕它会把救生筏撞翻。幸运的是，鲨鱼在救生筏边上转来转去，没有什么发现，很快就对救生筏失去兴趣，接着慢慢游走了。珍妮特和尼克终于松了一口气，庆幸自己终于又躲过一劫。但刚刚放松的他们并不知道，接下来等待着他们的，将是更为严峻的考验。

▼鲨鱼围着救生筏绕来绕去

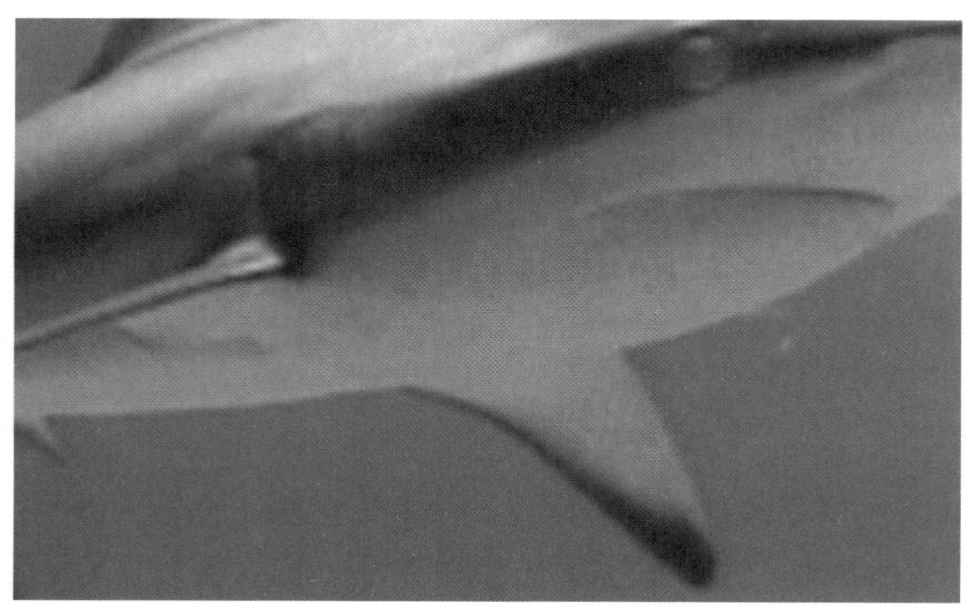

▶▶▶尼克离去

“我不能再忍受下去了！”尼克突然翻身跳进海里。

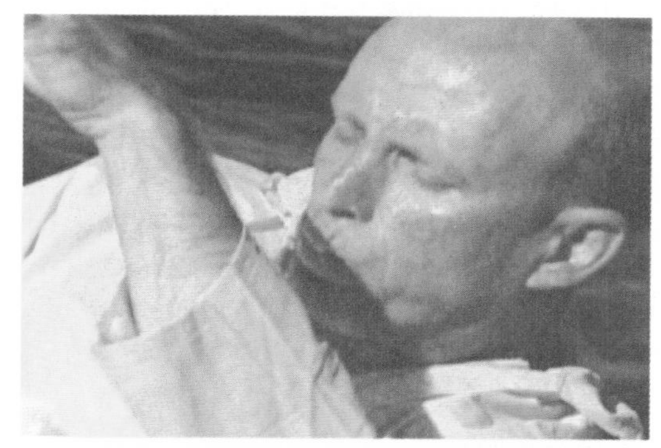

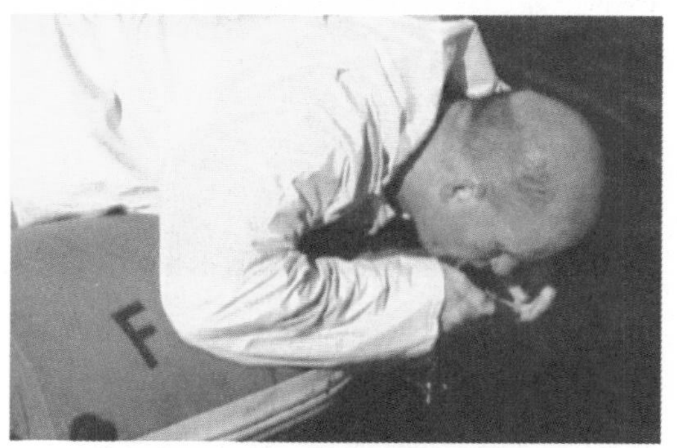

▲尼克开始喝海水

在坚持了一个星期后，情况形势逐渐变得越来越糟。因为连续数天暴露在海上，他们身上一直都湿乎乎的。想象一下手泡在水里会变成什么样子吧：皱得像树皮一样，皮肤上的保护层都被破坏了。他们不得不忍受各种疼痛，甚至不敢靠近对方，一碰到对方就会觉得疼。实际上，因为脱水，他们早已经开始食欲不振了。情况变得异常糟糕，那样的经历是珍妮特连做梦都没有想到过的。

有一天，尼克强迫自己吃了一块咸饼干，他缺水缺得厉害，嘴太干了，饼干都沾到了他的舌头上和嘴唇上，他真的是渴得厉害，难以忍受煎熬的尼克开始猛喝海水了。看着他痛苦的样子，珍妮特非常难过，但却只能眼睁睁地看着，无能为力。

尼克把脑袋靠在皮筏上，意识模糊地让珍妮特看筏子底下，还说那些鱼有多漂亮，多漂亮……珍妮特看了看筏子底下，那里根本没有任何颜色鲜艳的东西。珍

▲尼克跳海自尽

妮特猜想，尼克肯定是出现了幻觉，因为他一直都在喝海水。之前珍妮特并不知道，在这种情况下，人一旦开始喝了盐水，就再也停不下来了，而最要命的，是你的意志力也会被消磨掉。

到了第十天，让珍妮特终身难忘的一幕出现了。尼克的情绪行为变得非常不稳定，他一直嚷嚷着自己不能再忍受下去了。这时的尼克无论在语言还是行为方面，都显得非常焦躁。然后尼克突然翻身跳进水里，好像要把自己淹死一样。珍妮特被这突如其来的一幕吓傻了，她简直没法相信会发生这种事情。等她反应过来，尼克已经在水中了。珍妮特绝望地哭喊着，她竭力想说服尼克停下来，赶快回来。但尼克并没有像珍妮特希望的那样游回来，他对珍妮特的话充耳不闻，根本没理她，就好像根本没听到珍妮特说话一样，渐渐地在海水中消失了。

►►►独自漂流

“我开始担心我的身体，我越来越虚弱了。我不知道自己能不能支撑。”珍妮特虚弱地躺在救生筏上，等待上帝的救赎。

几分钟以后，珍妮特再向四处张望时，发现了在远处漂着的尼克的尸体。珍妮特一时无法接受这个事实，她甚至有点怀疑这是不是真的。原来珍妮特也常常会听到有人说不想活了，要去自杀，她还会怀疑说这话的人是不是真的会去这么做。在珍妮特看来，生命毕竟是宝贵的，什么时候都不应该放弃希望。

珍妮特呆呆地望着尼克的尸体，曾经那么鲜活的一条生命，就这么突然地离自己而去。自己曾经那么崇拜他，把他的话当成真理一样信奉。刚刚遇险时，他还那么自信地要求自己不要怕，他肯定会带自己脱离险境，然而现在，他却永远地逃离了这个世界。尼克绝对不会这么懦弱，他的这种行为让珍妮特非常愤怒。

冷静下来的珍妮特随即意识到，现在自己只能独自一人漂流了，她没有食物和水，生命垂危。她开始担心自己的身体，事实上她已经越来越虚弱了，不知道自己还能不能支撑住。

▼珍妮特尝试收集雨水

幸好，天无绝人之路，就在这时候，一场大雨救了珍妮特的命。你可以想象，无人的海上，天空阴云密布，电闪雷鸣，是一幅多么吓人的景象。但对珍妮特来说，这些吓人的声音如同天籁之音。她把毛毯的两边提起来，利用毛毯收集雨水，然后开始贪婪地喝起来——这是好多天来她第一次喝到淡水。

雨下得很大，所以珍妮特能收集到很多水。珍妮特的身上都打湿了，但她的心里却充满喜悦。她心里清楚，自己应该储存一些，但是她已经没有那样的意志和力气做了。她实在太虚弱了，非常需要水，她控制不了自己。结果，她把所有的水都喝掉了。

▶▶▶获救重生

“我不停地对他们说‘谢谢’、‘谢谢’。我真的很感激他们，是他们救了我。我想，那是我一生中最快乐的一天。真的，我从来没那么开心快乐过。”珍妮特回想着被救的一幕，恍如隔世。

这场救命的大雨过后，珍妮特近乎枯萎的生命之树又开始焕发了生机。虽然不复原来的健康，但至少不再像前几天那样在死亡的边缘徘徊，生命有了缓冲的机会。珍妮特大多数时候都静静地躺在救生筏上，尽量减少活动，节约体能。她已经不记得自己独自渡过了几个昼夜，她只记得，一次次地求救无望，使她的精神和体力都濒临崩溃边缘。

▼一艘船向珍妮特的方向驶过来

在独自经过几个昼夜后，从珍妮特上救生筏算起，她已经艰难地熬过了两周的时间。这时，几近绝望的珍妮特终于看到了生的希望——她发现有一艘船向她这边驶了过来。珍妮特不知道哪儿来的力气，她挣扎着站起来，抓住橘红色的救生衣拼命挥动，希望船上的人能看到自己。幸运女神这次终于眷顾了她，船上的人真的看到了。当被人抱离救生筏带往船上时，珍妮特知道，自己得救了。

珍妮特当时已经不知道如何表

▲独处时常常想起尼克

达自己的感情，她只是不停地对来人说着“谢谢”“谢谢”。她是真的从心底里感激他们，是他们救了自己。那一刻，珍妮特觉得，这是自己一生中最快乐的一天，她感觉自己从来没那么开心快乐过。当珍妮特再次回忆起获救那一刻的情景时，微笑始终挂在她的脸上，重获新生的喜悦使她暂时忘记了所有的痛苦。

因为严重脱水、晒伤和过度疲劳，珍妮特在医院住了一个星期。

当珍妮特静静地注视着窗外时，在海上经历过的一切恍如隔世：尼克走了，自己却活了下来。虽然经受了一些磨难，珍妮特现在却安然无恙，这真是不幸中的大幸，简直可以用“奇迹”形容。

▶▶▶更换职业

“我之所以能够活下来，在很大程度上是因为我没有

失去信心，没有放弃。”珍妮特希望自己的经历可以给他人带来一点启示。

经过了这件事，珍妮特的生活发生了很多变化。她换了职业，目前正在接受护士培训。珍妮特认真地阅读着培训资料中的每个细节，甚至在重点部分用笔做出标注。做这些事情的时候，她心情平静，神态安详。珍妮特觉得尼克并没有离开自己，他始终陪伴着自己。她常常会想起他自信的样子，想起他如何挑战自己超越自己，想起他的冒险精神还有他的种种优点，这些曾经让她非常崇拜和欣赏的细节，让她觉得尼克一直都在自己的身边，在她做这些改变的时候，尼克一直在陪着她。珍妮特一直希望自己可以像尼克一样优秀，她知道尼克肯定

▼珍妮特认真学习护士培训材料

会支持自己，她希望自己的这次经历能帮到更多将会有类似遭遇的人。她希望让大家知道，在任何情况下，都要充满希望，不要轻易放弃自己。

珍妮特觉得，她之所以能够活下来，在很大程度上是因为自己没有失去信心，没有放弃。越是在凶险的情况下，越要相信自己，越要保持冷静的头脑和积极的心态，这些性格的强势可以弥补经验的不足，会给你创造各种机会，甚至会给你带来奇迹。

如何应对？

海上的天气比陆地更为复杂，因此如果选择在海上旅行，你就要考虑周全，尽可能地做到万无一失。如果你很不幸地遭遇到与珍妮特类似的情况，你需要牢记以下这些生存法则：

▼电子定位设备能够将求救信号传递数百千米

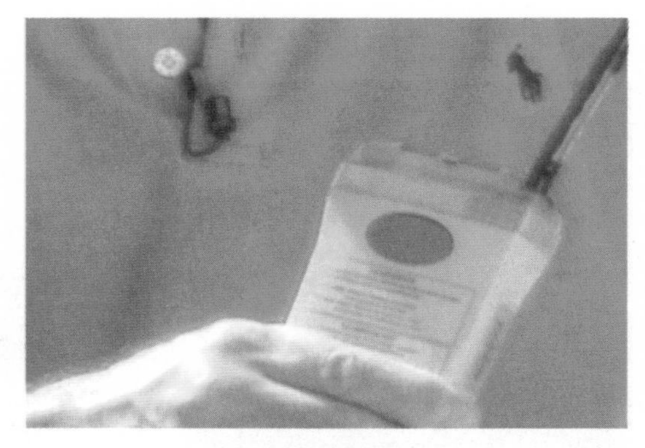

A. 船只损坏，你该如何应对？

a．及早检查抢修船只的各种隐患。不要盲目轻信经验主义，这可能给你带来无法预料的伤害。尼特喜欢冒险，有丰富的航海经验，可是在突发事件中的处理并不尽如人意。如果他能做足防范，这次事件完全可以避免，而珍妮特也是因为盲目崇拜尼克，放松了防范心理。珍妮特和尼克的这次事故的起因，只是因为一根绳子卷进了螺旋桨，如果能及早发现隐患，及时防范，之后所有的事故都可以避免。在海上，每一个微小的疏忽，都可能给你带来致命的伤害。

b．出发前要告之亲友或者相关人员你的路线和归期。如果你要在海上航行一段时间，那么最好有人知道你要去哪里。这样如果当你迟迟不归的话，他们就可以采取措施。珍妮特和尼克的旅行要历经数日，这种长途旅行如果他们提前及早通知有关人员，遇险后的等待时间无疑将会大大缩短。这无疑又是造成这次事故一个间接原因，相信珍妮特会牢记终生。

c．在船上安装求救设备。尼克的船上没有无线电，没办法发出求救信息，这使他们错过了最佳的求救时机。

B. 弃船逃生，你该如何应对?

a．一个装备齐全的救生筏是成功逃生的关键因素。像闪光灯或烟雾弹一类的信号设施是很重要的。珍妮特和尼

▼将小型造水器装进海水，淡水就会从另一端出来

克在逃往救生筏时，匆忙中忘记带盛放救生火焰的包，这可以说是致命的疏忽，在以后的漂流中，虽然他们遇到过很多过往船只，但因为距离遥远，又无法通知对方自己的遇险情况，又一次错过获救时机。

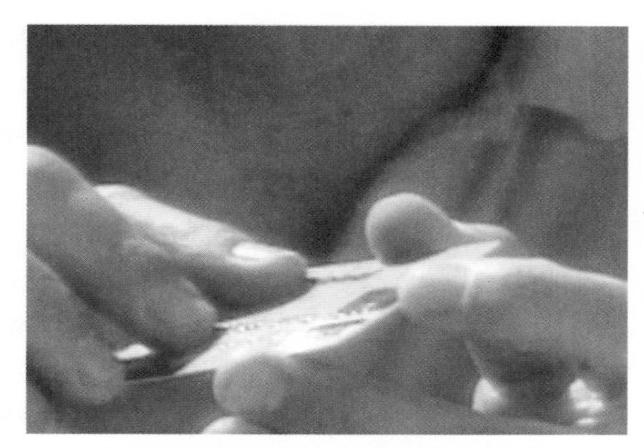

b．准备一个私人用的电子定位设备。它发出的无线电信号能够发出一个能传递数百千米的无线电信号，过往的飞机或船只就能知道你遇到了危险。这类设备应该在平时的旅行中作为常备物品之一，因为你不知道什么时候，它就会是你救命的福音。

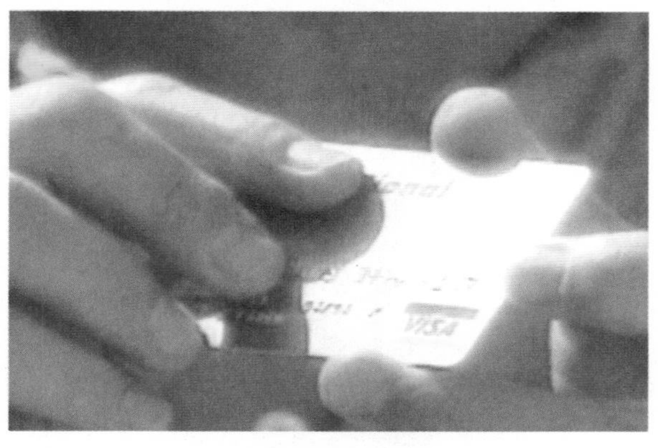

▲信用卡可反射光源

c．尽可能多地准备食物，特别是淡水。人的机体非常复杂，有时候，我们能连续一周甚至10天不吃东西。但是没有水不行，如果48小时，最多72小时不喝水，人就会有生命危险。因此，这种工具必须准备——海水淡化器，据说这是世界上最小的造水机器。把海水装进去，只要两分钟就会生成28.3克的可饮用水。按这种速度，每小时可以制造568毫升淡水。方法非常简单，从一端装进去海水，淡水就会从另一端出来，你可以在航海用品商店里找到它。如果你经常航海，你就应该买一个。这对你遇险时的生命保障至关重要。珍妮特和尼克在逃生时，第一时间想到的是准备食物，这就足可以使他们支持不短的一段时间，但他们对淡水的重要性很明显认识不足。这是导致尼克最后放弃生命的直接诱因之一，而珍妮特也正是因为雨水的帮助，才等到了获救的机会。

C. 海上漂流，你该如何应对?

a．遇到大型海洋动物，不要激怒它们。珍妮特和尼克遇到的鲨鱼是在海洋漂流时经常遇到的海洋生物之一。这时如果你没有十足的把握战胜它们的话，最明智的方式就是不要激怒它们。珍妮特和尼克选择的方式很正确，他们只是静静地观察鲨鱼的动向，直到鲨鱼失去兴趣离去，这对他们保护自己无疑是种明智的选择。

▼眼镜也可引起他人注意

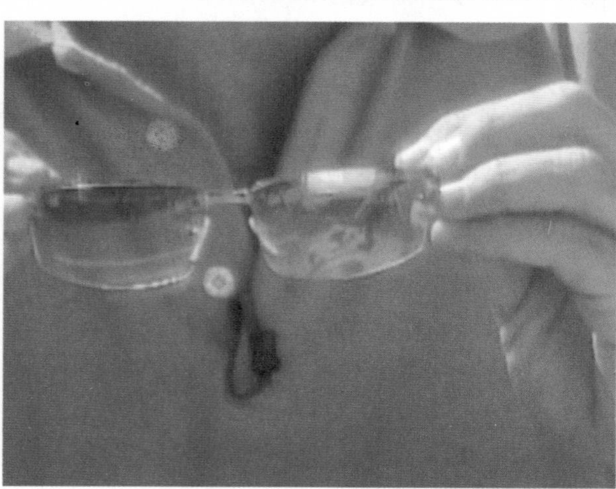

b．如果你没有任何工具，你可以利用其他东西吸引人他注意力。要想让人看到，你可以准备一张信用卡。卡上光滑的部分可以用来反射光源，这样你就有了一个很好的信号镜。其他诸如太阳镜之类的东西，在保护你的眼睛的同时，也可以用来发出求救信号。总之在这种情况下，你一定要设法利用一切可以利用到的东西，来通知他人你遇到了危险。

c．千万不要喝海水。如果周围没有水，你可以用毛巾或衣服来吸收船上凝结散落的水，然后再把它们吸到嘴里。但千万不要直接喝海水。海水不仅会让你感到恶心，还会导致你进一步脱水。尼克就是因为喝了海水，再也停不下来，身体严重脱水导致精神错乱，直至无法自控。

d．保持积极的精神状态。在这种情况下，你的精神状态非常关键，你必须一直保持积极的态度。珍妮特说她在最虚弱的时候时，她想到了一本书。书中讲述了一个男人在救生筏上生活一个月的故事，书名叫《漂浮者》，里面的一些内容启发了她。其实最重要的不是求生方法，珍妮特之所以能够活下来，在很大程度上是因为她没有失去信心，没有放弃。人的精神力量常常会超乎我们的想象。不管什么时候，你都要记住，没有什么事，比你的生命、比你能活下去更重要。

▲天气可以变坏，但内心要保持晴朗

你知道吗？完全解答

1.亚冻伤的处理办法

“亚冻伤”是一种轻度冻伤，但与一级烧伤一样也可以杀死你的皮肤细胞。如果手指、脚趾或耳朵冻僵了，或者感觉皮肤上像涂了一层蜡，觉得很麻木，活动不自如，那就是“亚冻伤”。

“亚冻伤”最好的治疗方法是把冻伤部位浸在温水里。水温最好在37～42℃之间。家用热水器的温度大多设定在48℃左右，因此接上热水后要再兑少许冷水。

如果无法迅速找到温水，可快速抡动胳膊，如此几分钟，能迫使血液流向手指。若是脚趾出现“亚冻伤”，可快速摇晃双腿几分钟。切勿直接在汽车加热器或煤气炉上取暖，快速升温将对皮肤造成更严重的伤害。

2.伤口的清洁妙方

完全解答

处理伤口的第一步是清洗伤口，传统的方法是用自来水、凉开水或生理盐水把创面及其周围冲洗干净，冲洗时应自伤口中心由内向外冲洗。

野外生存中遇到险情，清洗伤口最简单实用的就是下面的妙方：用温和的香皂和清水来清洗小的伤口，然后再涂上一层抗生素药膏以防止感染就可以了，接着再对伤口进行止血、包扎，一般情况下，不会因为伤口处理不当给伤者造成后患。

注意：不要用过氧化氢来清洗较小的伤口，虽然它可以有效地清洁皮肤，但它和外用酒精一样，都会杀死新生细胞，从而减缓伤口的痊愈速度。

3.正确的急救姿势

完全解答

如果你看见一个昏迷的受害者，你要让他处于“恢复姿势”。这将有助于让受害者的气道保持畅通，伸展脖子和头能扩宽气道，保证呕吐物或流体顺利排出。

具体做法是：首先，你要跪在受害者身边，把靠近你的胳膊拉直；然后把另一只胳膊放在胸脯上，手背对着脸颊；紧接着用一只手保护头部，弯曲远离你的腿，让受害者转向你；最后，稍微倾斜他的头部，让气道敞开。

但是，以上做法只适用于普通的急救，如果受害者背部或者脖子严重受伤，你不该采取这种姿势。同时，在实施救助时有三点请记住：要机智，要反应迅速，要注意安全。

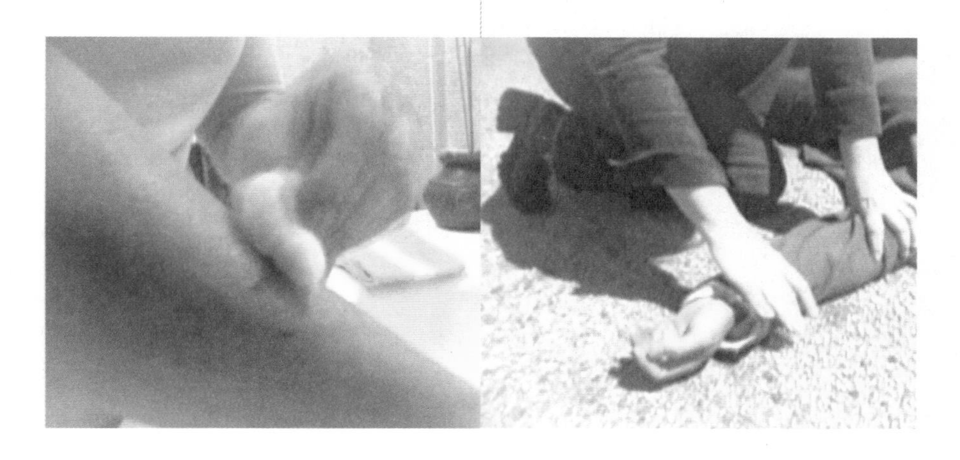

完全解答

4.中暑或脱水的急救常识

如果一个人由于在阳光下曝晒时间过长而晕厥，该如何才能使他的身体尽快冷却下来呢？在炎热的夏季，人体需要大量水分。否则，我们的体温就可能会上升到危险的高度，使人中暑，甚而死亡。中暑症状包括抽筋、头晕、恶心、眩晕和昏迷等等。如果体温过高，最正确的方法自然是应该立即去往医院。

不过，在送医的路上，你还可以做很多事来帮助中暑者降温：例如要他脱掉衣服，裹上打湿的被单，然后在他的脖子周围、腹股沟和腋窝处放上冰袋。这些地方的皮肤和主动脉靠得很近，冰块能很快降低血液的温度。

完全解答

5.救助溺水者的方法

救助溺水者的方法有两种：如果溺水者处于昏迷状态，红十字会推荐采取心肺复苏术。它能让血液保持流动，向肺部供氧。但90%的溺水者肺里进了水，必须首先排水。

如果心肺复苏术对溺水者没有帮助，或者实施心肺复苏术后溺水者仍无法呼吸，可以试试这个方法：把溺水者平放在地面上，将脸转向一侧，排干肺里的水。接着，面向溺水者，跪跨在溺水者臀部上方，两只手上下叠放，下面的手掌根部放在溺水者上腹部、肚脐和胸腔之间。接着，利用身体的重量快速挤压溺水者上腹部。要反复做，直到肺里的水全部排出。记住：对溺水者要先尝试心肺复苏术，无效后再采用此法。

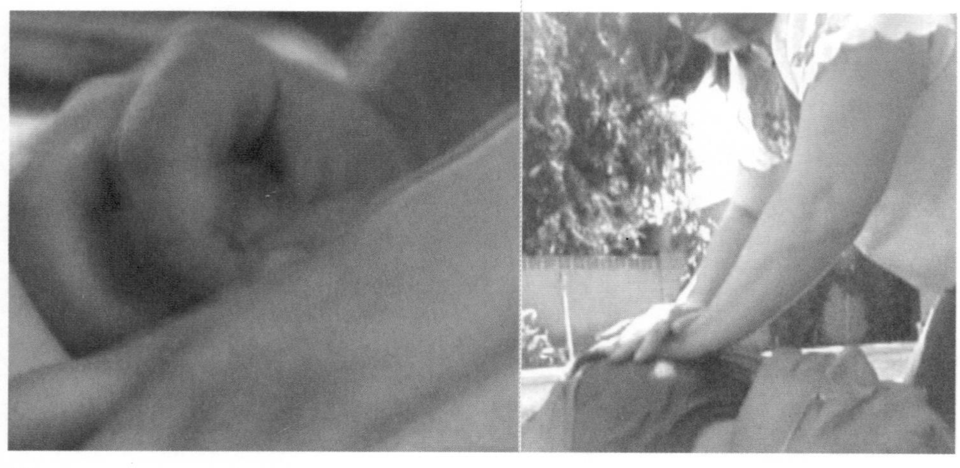

完全解答

6.被蛇咬伤自救

要相信老太太们的常识吗？美国每年有 8000 多人被毒蛇咬伤。切开伤口把毒汁吸出来已经是些老掉牙的故事了。那是最糟糕的办法。毒液会通过口中的微小伤口进入血液。也不能用冰块敷，寒冷会过度限制毒液的流动，造成局部组织的损害。更不要切开伤口让毒液流出来，那样不会释放出太多毒液。你应该采取这样的措施：让受害人躺下，让伤口低于心脏；让它自然滴血 15 ～ 30 秒钟，然后用消毒剂进行清理。许多野外旅行者都会带个防蛇咬工具袋，利用一个类似水泵的设备，就能防止毒液蔓延，然后要尽快去医院。

完全解答

7.蜂群攻击幸存法

当遭到蜂群攻击时，你首先应该保护的是脸部。你需要把衬衫拉起盖住头部，或用毛衣或夹克盖住脸部——只要有防护功能的东西，你都可以拿来救急。当然，别忘了留一条缝看路，以便奔跑。蜜蜂的飞行时速只有 19 ～ 24 千米，所以你要用最快的速度奔跑，并且千万不要停步，直到你确认脱离了危险为止。据说有些蜜蜂会追赶目标达 0.4 千米，因此，除了速度，你还必须在耐力上胜过它们。

另外，需要提醒你的是，千万不要低估了蜜蜂的智商，最好不要跳到水池子或湖里，因为蜜蜂会很聪明地在外面等着你上来换气，“聪明反被聪明误”，不要让你的自作聪明给你带来不必要的伤害。

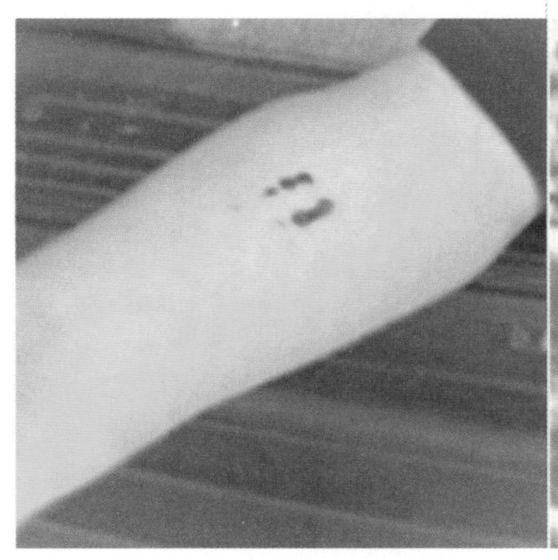

【出品人】
傅伟中

【出版策划】
熊侃　凌立　林燕　贺鹏飞

【主编】
贺鹏飞

【执行主编】
王连华

【责任编辑】
洪晓梅

【文图编辑】
郭晓飞

【文字撰稿】
杜英娟

【特约编校】
张兆生

【装帧设计】
Metis 灵动视线
010-85983452

【美术编辑】
刘续尧

【图片提供】
北京大陆桥文化传媒
Imagemore

【网络书店】
鹏飞一力 http://www.pfylbook.cn

【网上商城】
好书网
www.haoshuwang.cn